空の星になって見守っているよ

藤野絹子 著

櫂歌《とうか》書房

ありがとう
サンキュー
スパシーバ

わたしのおばあちゃん

81歳のおばあちゃんは、
「私の宝物は、困難があっても
生かされた限りある命と、５人の孫達の元気な笑顔だよ。」
と言っています。

戦争は、兵隊さんだけでなく、穏やかに暮していた家族、幼い
子供達も、離ればなれにしてしまいます。

平和であることの大切さ、ありがたさが良くわかりました。

（孫・紗由実 記／小学6年生の時に）

平和の誓い

箱崎中学校二年　藤野　晃

原爆が投下されて三十八年。今だに、原爆症で入院、治療を受けている方がたくさんおられます。

二十数万人の亡くなられた方々、どんなにか熱く苦しかった事と思います。爆風の熱のため川の中に大勢の人がはいり、そのまま、亡くなったとの話もお聞きしました。

原爆ドームを目の前にし、原爆のおそろしさを、より一層、思いしらされました。

今後、けっして、このような悲惨な事は、あってはならないと思います。

戦争は、なにもかもなくし、人々に悲しみだけを残します。

七十五年間は人も住めないといわれた、広島の原子野《げんしや》は、悲しみの中から、皆様の力でこんなに立派に復興しています。

そして、今の、この平和は、多くの方々の犠牲の上にあるのだという思いを、心にきざんで、私《わたくし》たちは、この平和をしっかりと受け継ぎ、大切に守ってゆきたいと思います。
どうぞ、やすらかに、おねむりください。

昭和五十八年　十月二十六日

（三男、晃が修学旅行で広島に行った時、全員で折った千羽鶴を折り鶴の塔に献《ささ》げながら唱えた「平和の誓い」）

まえがき

自分の人生を振り返ってみて、何の取り柄《え》もない専業主婦だが、平和な国、平凡《へいぼん》な暮らし、親子揃《そろ》って暮らせる家庭、この三つの大切さを子供達に伝えておきたいと思う。

昭和二十年八月十五日、私は満州《まんしゅう》で終戦を迎えた。ソ連軍進撃の危険を避けて疎開《そかい》先から戻ってみると、荒れ果てた奉天《ほうてん》の街にはソ連の戦車が地響きを立てて走っていた。

その年、私は九歳、国民学校三年生だった。私達家族四人は、平安小学校のすぐ前の家に住んでいた。

数日後、その学校もソ連の軍隊に侵略《しんりゃく》され、校舎も兵舎《へいしゃ》と化してしまった。次の日、運動場に机や椅子が山積みされ、夜になって火が放たれた。

夜空に高く上がる赤い炎
自動小銃《じどうしょうじゅう》を担《かつ》いだ兵士達の黒い影
不気味《ぶきみ》な光景は影絵《かげえ》のように、幼い私の頭にやきついてしまった。

あれから七十五年、私も八十四歳になった。学童の頃は遠くなったが、今でも小学校から聞こえてくる始業を知らせるチャイム、子供達の歓声、合唱、音楽の調べに、胸が熱くなる時がある。
「平和だなぁ」と、つい立ち止まり、思わず学校に引き込まれそうになる。私の心のどこかに、途中で中断された国民学校三年生のあの月日が潜《ひそ》んでいるのかもしれない。

そして今、学べることの幸せ、平和であることの大切さ、ありがたさをつくづく思う。色々なサークルや教室で話を聞き、ノートをとるのが楽しい。そこには机や椅子があり、和《なご》やかな学びの雰囲気がある。

「私は一生学んでいたい」そういう思いが、自分史を、父や母の生活をも含めて記して見ようと筆をとった。

満州時代の思い出を、戦後一時期は弟と二人で引き揚《あ》げ孤児《こじ》だった頃のことを、独《ひと》り語《がた》りのように、ゆっくりと綴《つづ》っていきたいと思っている。


――今こうして幸せに生きていることを感謝しながら

目次

わたしのおばあちゃん　3
平和の誓い　4
まえがき　7

第1部　小学3年生　絹子ばあちゃんの戦争

私の生い立ち　17
心のふるさとハルピン　57
生かされた小さな命　67
水密桃と青酸カリ　～瓦房店で終戦～　73
スパシーバ　禁じられた歌　81
寂しさを押さえた遊び　87

きょうだいの宝物　92
母の魂に守られて　99

第2部　絹子ばあちゃんのその後

遠い日の合唱～永松先生・田中先生～　110
子供たちの宝物―アゲハ蝶　121
あの世でも踊り友達　128
父のユニフォーム　133
家庭、そして〝ふれあい〟　141
のんびりと鉢の草取り　145
ありがとう　親子の絆　今も　150
平和への願いは一つ　157

生かされた限りある命　160
夫の病気で一家団結　165
夫とふたりのリハビリ　171
母三人　176
家族の絆　183
東北の夏祭り　187
お陰さまの心　191
「千の風になって」　195
孫からの贈り物　201
サンキュー　楽しかった思い出　203
弟、紘之との別れ　207
コロナ禍の今　213

あとがき　216

第1部

小学3年生
絹子ばあちゃんの戦争

昭和7（1932）年　父誠之《ともゆき》、満州国官吏《かんり》となる。ハルピンに居住。
昭和10（1935）年　5月　福岡県久留米市　上滝利枝《こうたきとしえ》と結婚。
昭和11（1936）年　8月5日 満州（現中国東北部）ハルピンで絹子《きぬこ》誕生。
昭和13（1938）年　6月1日　新京《しんきょう》（現長春《ちょうしゅん》）で弟紘之《ひろゆき》誕生。
昭和18（1943）年　4月　鉄嶺《てつれい》へ転居。絹子国民学校へ入学。
昭和20（1945）年　4月　奉天《ほうてん》（現瀋陽《しんよう》）へ転居。絹子国民学校3年生。
8月9日　ソ連軍が戦車で侵入して来る。
8月11日　母と弟と三人で瓦房店《がぼうてん》へ疎開《そかい》。

8月15日　終戦
平安国民学校が軍隊に占領され、兵舎になってしまう。
11月9日　父親が満州国官吏だったので、捕らわれ、
シベリヤ（ソ連）へ送られる。

昭和21（1946）年　1月31日　奉天で母親病死。
病院もなく、葬儀もできず、手首から先の骨を焼き、
遺骨とする。山に埋める。
6月　絹子（9才）、弟の紘之（7才）の時、叔母と共
に貨物船でコロ島から引き揚げ、日本へ。40日かけ帰国。

昭和26（1951）年　父、シベリヤから帰国

満州
哈爾浜《ハルピン》
絹子誕生
新京《シンキョウ》 紘之誕生
(長春)
鉄嶺《テツレイ》 絹子小学校入学
奉天《ホウテン》 終戦
(瀋陽) 母他界
引揚げ島
壺蘆島《コロ》
瓦房店《ガボウテン》
母と3人で
疎開
北京
平壌
黄海
日本海
朝鮮半島
ソ連
日本

私の生い立ち

舞鶴中学校二年　別府 絹子（旧姓）
（昭和二十六年十月 記）

私は、生まれてから今までの十五年間いろいろな生活をして来た。忘れて終《しま》いそうなので、一度ここらで記録をまとめておくことにした。

私の生まれた所は、満州《まんしゅう》のハルピンだ。父が二十九才、母が二十四才の時で、昭和十一年八月五日、ちょうど暑い最中《さいちゅう》だったそうだ。

生まれた時は、普通の体で、八百匁《もんめ》（約３０００g）だったが、それから三ヶ月たって、風邪がもとで急性肺炎をおこした。虫の息のようになり、お医者様には、「もうあぶない」といわれたそうだ。食塩注射をうってもらい、後は父が一週間、役所を休み、つきっきりで看病して下さったということだ。だけど、私は、まるで知らない。

その時母は病気だったので、父は一人で食事もできず、お便所《べんじょ》にもいかれなかったそうだ。ちょっとでも立ち上がれば、すぐ泣きだして息が切れそうになるので、酸素吸入器を私の口にあてて、ずっと子守歌を唄いつづけておられたそうだ。それで食事などは人から食べさせてもらって、父の体全体を、私のために使って下さったそうで、今その話を聞いてみると、感謝の気持ちでいっぱいになる。

それから大分元気になり、やっと、初誕生が来たかと思えば、またリンパ腺《せん》が腫《は》れ、父と母の二人がお医者につれていき、病院の看護婦さん達と皆で私を押しつけて、リンパ腺を切ったということだ。

私にはその頃の記憶はないが、目と鼻と口だけをあけたほかは、真っ白な包帯《ほうたい》を巻いて、母に抱かれて写った写真があった。

父は、写真機を持っておられたので、いろいろな姿を写真に撮っていて下さった。私が真ん中で、お人形の鼻をつまんでいて、親子三人で写っているのもおもしろいが、女の子でありながらも、胸あて一つで写っている写真も傑作《けっさく》であった。今から考えれば、吹きだしたくなる。

それから一年経って、新京に移転し、そこで弟が生まれた。

その時、私は三才であったが、まだ、乳離《ちちばな》れをしていなかった。

それで弟がお乳を飲んでいるのを見て、やきもちをやき弟の指にかみついた事もあった。今、その話を聞けば、恥ずかしくて、どこか隠れる所があれば、身をひそめたいような気持ちがする。

小さい時から、大へんなおしゃべりで、何かわからないかたこと言葉で、一人言《ひとりごと》をいって喜んでいたそうだ。弟が遊び相手になってからは、二人でだいぶ悪いことをした。その頃のことは、うっすらとおぼえている。寝台の端の方を取って来て、それをはしごの代わりにして、戸棚の中にある「ふ」とお砂糖を引き出して来て食べたり、押し入れの中に入り、汽車ごっこをしたりした。またある時は、窓のガラスを入れる時に、満州では、白い粘土に似たパテを使ってはめていたが、それで何かを作ろうと思って、かたっぱしから取ってしまい、ガラスをはずしてしまったこともある。

そのパテの取り合いをして、窓から弟につき落とされ、運悪く下に沢山《たくさん》小石があったので、それで、額《ひたい》をけがしたこともあった。その傷は、今でも残っている。それからは、ガラス屋さんが来ると、父がわざわざ別に粘土を買って下さった。

その頃から私は、粘土で何か作ったり、母が編み物をする横で、かぎ棒で長いひもを作り、首飾りにしてみたり、ひっぱって歩いたりして楽しむことをおぼえた。

やがて私にも七五三のお祭りがきた。田舎のお祖母《ばあ》さんから作って送っていただいた、二枚重ねの金紗《きんしゃ》の振り袖を着て、かっぽりを履き、おしろいまでつけて、すまして写っている写真もあった。

そんなにして、やっと丈夫になりつつあった私の体に、また悪魔の病気がついてきた。私が、あまり贅沢《ぜいたく》をし、好き嫌いが多くてチョコレートばかり食べていたためか、腹膜炎《ふくまくえん》になってしまった。それからは、その当時嫌いであった卵を、それも黄身だけを御飯にかけて、やっと一杯食べたが、病気がはっきりよくならないため、父と飛行機で日本に帰って来た。

その時は、昭和十五年の四月五日で、まだ戦争も初まっていない、平和な国であった。飛行機には、子供は私のほかには誰も乗っておらず、大人ばかりで、それも男の人ばかりだった。それで、飛行機に乗っている「アンナイガール」が来て、昔のお話をしてくれたり、コーヒーを持って来てくれたりして、大変可愛《かわい》がって下さったことをおぼえている。
海の上にさしかかった時、下の海におもちゃのような軍艦《ぐんかん》が通っていたのも、日本の上に来た時、マッチ箱のような家が、ずらりと立ち並んでいたことも、まだよくおぼえている。

日本での四月五日は、桜の花や菜の花が満開だった。「雁《がん》の巣《す》」の飛行場に降りてから、久留米まで行く途中の電車の中や道路の真ん中で、初めて見る桜の並木や菜の花畑を見て、大声で「ココモ公園ネ。ココモ公園ネ、キレイネエ」とはしゃいでいたことを思い出す。その時は場所など考えず、口から出るままに、はしゃぎたてていたが、その時私を連れて来て下さった父は、恥ずかしかったことだろうと思う。

弟の紘之と母は、後から汽車で帰って来た。母が来られると、父は役所の仕事が忙しいからといって、すぐ満州へ帰られた。

内地で一年静養《せいよう》をすると、大体良くなった。

それでまた、父のいる満州へ帰っていった。その帰りの船で、内地で買ってもらったおもちゃのトラックを、弟と二人で、朝早くからガラガラと船の中の長い廊下や、甲板《かんぱん》を引きずり回して、我が天下のように振るまったことも、かすかに思いだす。

家族四人になって、「鉄岺《てつれい》」という所に移転した。その家は、大変大きく電話が三つもあった。広い温室もあり、美しい花が冬でも咲いていた。「オンドル」もあったので、ぽかぽかして冬は温かだった。その上、父は私達のために、わざわざブランコまで作って下さった。「ブランコ」に乗っている所なども写真に撮っていた。「鉄岑」の家は山に近かった。龍首山《りゅうしゅざん》という忠霊塔《ちゅうれいとう》のある山へ、夕方六時頃から登って、夕食のお寿司を、美しい夕日を眺めながら山の上で食べ、家に帰ってきた、冷たいそうめんを食べたこともあった。

七才の年を迎えたお正月、七五三の祝の時に着た振り袖を着て、父のお客様方にお酌《しゃく》をしたりしたことも楽しみの一つとして、私の胸には、固くはりついている。幼稚園にも行くはずだったが、入学式の前夜に、のどが痛いと言い出したので、行かなかった。

学校の入学式も近づいて来ると、父はランドセルを背負い、帽子をかぶった私達の後姿を記念にと言って、写真に撮られた。

幼い時から私は大変本が好きで、母と買物に行って、本屋の前を通ると、弟と二人で地団駄《じだんだ》を踏んで、座り込み、町の真ん中で「わんわん」泣き叫び、母を困らせたことが何度かあった。

私が学校に行き始めてからは、空襲警報《くうしゅうけいほう》が発せられたり、そうではなくても、いろいろな訓練をさせられたりした。それで母は、私にも可愛い模様《もよう》のはいった布で、モンペと着物式上着を作って下さった。私は嬉しさのあまりに、町へ行く時に、さっそく自分で着ていった。すると、通る人達が皆私の方ばかりふり返って見る。しかし私は、このモンペが可愛いからだとばかり思いこんで、得意になって歩いていた。すると、通りかかった一人の女の人が「お嬢ちゃんは、可愛いモンペをはいているけど、えりの所が、右上になっているよ」と言ってなおして下さった。その時の私のはずかしさと言ったらなかった。あまり「有頂天《うちょうてん》」になって、あわてていたので、こんな失敗をしてしまった。母も「あらあら」といって真っ赤になっておられた。その時は何だか母に、恥《はじ》をかかせたようですまなく思った。

寒い冬の日には、学校から帰って来て、ドアの金具《かなぐ》に手袋をはめた手を持っていって、手袋が外れず、泣き声をあげたこともあった。マスクをはめて行くと、自分の吐く息が目の方へ来て、まつげが白く凍り、目《ま》ばたきする度に、「ばちっぱちっ」とくっつく時もあった。

おもしろく記憶に残っているのは、スケートの練習の時で、ちょっとすべっては転び、ちょっと歩いては転んで、皆から笑われた

が、やっと木製のこしかけにたよって少しずつ滑れるようになった。こうして楽しく飛びまわって暮らしているうちに、思いがけなく、母は病気の身となってしまった。病名は肺結核であった。

これで「鉄嶺《てつれい》」での生活も終わり、病気の母も一緒に、また奉天《ほうてん》へ移転した。その時、私は小学校の三年生だった。今までのように何の心配もなく、贅沢《ぜいたく》に過ごしていた私達の生活にも、やがて、戦争の激しさがかぶさって来た。

この時になって、初めて私は、今までのようにのんびりした気持ちではいけないことに気がついた。私達は、病気で寝ている母を助けて、何度となく、防空壕《ぼうくうごう》の中にはいった。

昭和二十年の八月十五日、天皇陛下のいたいたしいお言葉が、ラジオを通じて、放送された。父や母はまるで夢ではないかというような顔をしておられた。

それからの生活は、どんなに書き表して良いか、わからないくらいだ。

ソ連の兵隊が侵入して来ると言うことなので、女や子供は危ないと言って、避難をした。私達は、病気の母と共に父だけを残して、「瓦房店《がぼうてん》」という所に疎開《そかい》した。けれど、父を一人残して行くのがとても心配だった。これが、最後の別れかもわからないと思うと、一層《いっそう》のこと、疎開などしないで、死ぬ時は皆一緒に死にたいとさえ思った。しかし、運命には従わなければならなかった。親子三人は、「瓦房店《がぼうてん》」へ学校の人々と共に疎開した。その学校に、一ヶ月寝泊まりしていたが、その間も、父の事が心配でならなかった。

一ヶ月後に帰った奉天の町は、二、三年も見なかったように、変わっていた。

ゴーゴーと地響《じひび》きをたてて、鼻の高い青い目のソ連の兵隊が、戦車の列を作って通っていく。他の国の人々は、日本人に対する態度がころりと変わっていて、とてもいばっていた。日本人の大人の人達は、くやしさに歯をくいしばって、涙さえ流している人達もあった。

家について、腰も抜けんばかりにびっくりした。

表戸《おもてど》の板は、踏み破られ、家の中の値打ちのある物や、タンスの中の着物は、皆持っていかれてしまっていた。父から話を聞いてみると、鉄砲を持って、トラックで、ソ連の兵士が五、六人来て、皆持って行ってしまったそうだ。聞いただけで身ぶるいがした。その中には、私が七五三のお祝に着た振袖《ふりそで》も一緒に取られていた。その時の私は、泣きたくても泣く元気がなく、ただぼんやりとしていた。今でも、そのことを思い出すと、どしどし着ておれば良かったと思う。

それから父は、危ないからと言って名前を変えられた。母は、無理をして疎開をしたため、まだ病気が続いていた。それで、父が食事の用意をしていた。私も出来るだけのことはしたが、何しろまだ三年生の時で何も出来なかった。

家の前の学校を、ソ連の兵隊が占領《せんりょう》しており、偉い人達は、私の家の二階に泊まっていた。少佐《しょうさ》や大佐《たいさ》の人達は、大変私達を可愛がってくれたが、下の方の兵隊が、夜でも、絶えず靴のままで階段を上がったり下りたりしていたので、よく眠れなかった。ソ連の兵隊が帰ってからは、親子四人では心細いので、他のおじさん方に二階に来て頂いた。そのおじさん達も、大変私達を可愛がってくださった。

その頃、ソ連の兵隊が、女にはとても乱暴するという噂《うわさ》がたって、大人の人達は、坊主《ぼうず》頭になっている人もいた。子供でも坊主《ぼうず》になっている人もいた。私は、男の子がする「ハイカラ」をして弟の洋服を着ていた。

ある雪の降る寒い日だった。父が一人で買物に行き帰って来られたが、母の好きな「奈良漬《ならづけ》」を忘れておられたので、また買いに行かれた。

しばらくして帰って来たのは、父ではなく、悲しい知らせを言い伝えに来てくれた人だった。しかし、それが五年間もの別れになろうとは知らず、二、三日内には帰って来られるであろうと思って、あまり悲しみもしなかった。そして暇さえあれば、表に出て、今日か、明日かと、寒い北風の吹く中で、父の帰りを待っていた。

その時から私は、冷たい水で茶碗を洗ったり、ガチガチに凍りついて、くっつき合ったお茶碗をはずしたりして、食事の用意をした。学校は休んでしまった。時には、水道の水まで凍ってしまって出ない時があった。そのように、待ちつづけている内に、とうとう一ヶ月の月日が過ぎ去った。

ある時、思いがけなく、よそのおじさんが父からの手紙を持ってきた。

「絹子や紘之、其の後元気ですか。お父さんは、運悪くソ連兵に捕えられて、遠い所へ行かねばならなくなりました。もう絹子や紘之の顔も見ることが、出来ませんでしょう。それを思うと、涙が出て胸がはりさけるようです。お母様も病気が良くならないかもしれません。

一度に二親も失ってしまうのでおまえ達のことを思うと、可愛そうでなりません。どうか許して下さい。お父様は、絹子と紘之が、どんなに苦労しても耐《た》え忍《しの》んで、立派な日本人となってくれることを神仏《しんぶつ》に祈っています。お父様、お母様がいなくなって、よそのおじさんのお世話にならねばならないと思いますが、その時はおじさん達のおっしゃることをよく聞いて、可愛がられる人になって下さい。お父様もあちこちのおじさん方に頼んでおきます。お父様も、どんな苦しい目にあっても、絹子達の生きることを信じて、五年たっても、十年たっても帰って来ます。絹子も紘之も、特に、体を大切に、ではこれでお別れです。さようなら」

と書いた悲しい手紙を持って来てくださった。
あまりにも思いがけないことなのでしばらくはうそのように思っていたが、やがて、どっと涙が溢れ出て

「お父さん！　お父さん！」

と言って泣き叫んだ。
母は、涙一つ流さず、

「お母さんが強くなるよ」

といっては励まして下さったが、そのショックがもとで、母の容態《ようだい》は日ましに悪くなっていくようだった。

昭和二十一年を迎えるお正月には、起きて、弟と二人で歌を歌っておられた。普段も、特に

「絹子ちゃん歌を歌ってちょうだい」


と言われたこともあったので、歌って聞かせてあげた。その時など、母の目は、なんだか光っているように見えた。

このように、三人で楽しく暮らしていたのも束《つか》の間《ま》、真っ白に雪が積もった日の一月三十一日のことである。

雇い人から、体をきれいに拭《ふ》いてもらって、

「これで気持ちが良くなった」

と言っておられたが、十時頃急に私を呼んで

「お母様は、これでお別れです。紘ちゃんと仲良くして、丈夫な、立派な人になって下さい。お母さんは空から見守っています。さようなら」

と言われた。その時のお言葉に、どうする事も出来ず、ただ

「死んじゃいや死んじゃいや」

と泣くばかりであった。

けれど、とうとう正午に息をひき取られた。

終戦後の危ない時なので、二日ばかりは焼きにいかれずに、家の仏様の所へ寝せてあった。

母の死んだことは、まだ夢のようで、二日位は知らずに、

「お母さん」

と甘えたりしていたが、その度《たび》に、返事がないので死んだとい

うことに気づき、またとめどもなく涙がこぼれるのであった。

　お葬式もできず、私達はお二階におられたおじさん達と一緒に暮らしていたが、母を亡くした悲しさから、とうとう私も病気になってしまった。


　間もなく病気は良くなった。それで、家を立ち退《の》けといって命令が来た。それで、私達は、おじさんと共にアパートのような所へ移った。母の妹の、私達にはおばさんにあたる一二子《ひふこ》おばさんが戦災者《せんさいしゃ》になって奉天に来ておられた。それで、お二階におられた。

　おじさん達と別れて、一二子《ひふこ》おばさんと日本に引揚《ひきあ》げて来たが、日本につくまでが、また大変苦労をした。

初めに、貨物列車に揺られて一日半。その間でも夜になると、他の国の人々がどんなことをしかけて来るかわからないので、女や子供を真ん中において、周りを男の人達がとりまき、座ったままで、不安を感じて寝られなかった。それから、途中でおりて一日収容所に泊まり、また何里《なんり》か歩き続けて、やっと船の出る所へ来た。そこで船に乗った。出発の合図が鳴った。皆甲板《かんぱん》に出て、今まで暮らして来た満州の土地を名残《なご》り惜しげに眺めていた。

私達にとっても、親子四人そろった帰国であったら、少しは張り合いがあったかもしれないが、父をソ連の国に一人残し、母を満州の土として、自分達だけで帰る辛《つら》さは、どんなに書いていいかわからない。父や母から、だんだん遠ざかっていくようで、ただ涙に

引揚船

くれるばかりである。

小さい貨物船に千人もの人が乗っているので、寝ても足も伸ばせず、食事も一日二回なので、大変病人がでた。

五日間で日本に着いた。日本の島が見えるようになってからは、皆、小踊《こおど》りして喜んだ。

しかし、船の中に病人が出ていたため、いつまでもおりることができず、一ケ月の長い間船の中の生活を続けた。

やっと上陸が許され、上陸をした時の嬉しさは何にたとえようもない。私の足音が、地面の底まで、トントンと響いているようだった。その時、私の胸には、白い布で包んだ母の遺骨が、しっかりと抱きしめられていた。

浮羽郡《うきはぐん》のお祖母《ばあ》様達の所へ行くと、私達が、あわれな身となっていることを初めて知られて、びっくりされた。

それからは、祖父母や、父の弟にあたるおじさん達のお世話になって、柴刈《しばかり》小学校に入った。しかし、終戦当時、学校に行っていないうえ、母の病気の看病、それに引き続いて、自分も身体を悪くし、引揚げて来る時も勉強をできなかったので、一年下ることにした。

初めのうちは、言葉もよくわからず、いじめられたこともあった。しかしだんだん慣れて行くうちに、先生はじめクラスの皆が、大変親切にして下さった。家の人達も、とても可愛がって下さった。

しかし、こうして楽しく暮らしているうちも、父のことを思わない日はなかった。毎朝、神仏に、父の帰りが一日でも早いようにと祈っていた。

ソ連からの引揚げが始まってからは、今日か明日かと、毎朝新聞の来るのを待ちわびて、取り合いをして父の名を探した。時には待ち切れずに、こちらから新聞を買いに行くことさえあった。しかし一年目の夏も、新聞から父の名を、見出すことが出来なかった。近所には、もう二人もソ連から引揚げて帰って来ておられるのに、もしかしたら、父はもう、この世にはおられないかもしれない、と思って、寝床《ねどこ》に入り、そっと涙にむせぶこともあった。けれど、ラジオの訪ね人の時間などには、もし、父の名前が出はしないかと、耳を傾《かたむ》けることもあった。

こんなに一心《いっしん》に待っていても、何の便りもなかった。ところが二十四年の三月頃、思いがけなくも、ある所で父の葬式に参加したと書いたよそのおじさんからの手紙が届いた。祖父母は、私達が力を落とすだろうと思って、黙っておられたが、家の中が何となくざわめいて、父のことをいろいろと話しておられたので、私は感づいた。その時の悲しさは、生きる力もないようにがっかりしたが、このことを弟が知ったら、また悲しがるだろうと思って知らぬ顔をし、出来るだけ弟を、朗《ほが》らかな者にしたいと思い、おもしろいことなどを言って笑わせていた。

そんな事があって二ヶ月位たってからの事である。学校から、家に帰ると公子《きみこ》おばさんが

「絹ちゃん、お父さんから葉書が来たよ」

といって葉書を持って来て見せて下さった。私は、夢ではないかと思ったがそれは確かに父の字であった。葉書を読んでいくうちに、嬉しくて、葉書を握った手は、震えていた。

その葉書には、

「今、お父さんは、ソ連のカラカンダという所で、元気に働いて居ります。五年たっても十年たっても、必ず帰ってくるから、元気で待っていて下さい」

と書いてあった。

それからは勉強するにも、お手伝いをするにも張り合いが出てきた。毎日学校から帰って来る時も、今日もまた、葉書が来ているかもしれないと思うと、知らぬ間に急ぎ足になっていた。そのようにして楽しく希望のある日を送っているうちに、八枚もの葉書が来た。その度に、返事を出すのが楽しみの一つであった。

また私の嫌いな冬が来た。早く春、夏が来て父が帰って来るといいと思っていると、突然、二月十三日の新聞に、引揚者の名前が書かれ、その中に今まで探し求めていた父の名ものっていた。

その時の私は、ものも言えないように嬉しかった。何日頃家に帰ってこられるだろうかと、そればかり思っていた。しかし、いろいろな検査を受けなければならないため、十六日頃しか家に帰れぬという電報《でんぽう》が来た。その三日間の長いことといったら、一週間ぐらい待っているようだった。

十六日の日に、田主丸《たぬしまる》の駅まで迎えに行ったが、その時に限って、二十分も汽車が延着《えんちゃく》した。今から考えればわずかな時間のようだが、その時はとても待ち長く、汽車のはいって来る方向を首を長くして待っていた。しかしその時の私の胸は、嬉しいためか、動悸《どうき》がとても早く打っていた。

父の乗った汽車がホームにはいり、私の待ちわびている父がおりて来た。今まであんなに父の帰りを待っていたが、会ってみてあまりにも父の変わりはてた姿に、ただぼんやりと見つめているばかりだった。雪やけで、色は黒くなり、私達のことを心配されたせいか、満州時代見かけなかった白髪《しらが》もだいぶ出来ている上に、食べ物も少なかったため、水ぶくれでもしているようにぶくぶく腫《は》れあがって、ほんとうに、私の父とは思われなかった。

しかし、日がたつうちに、だんだんともとの姿に戻っていかれた。一年間、田舎で栄養をとられ、二十六年の三月に、福岡の役所に就職された。それから二ヶ月間は、お父様は日曜日だけしか帰ってこられず、日曜日が待ちどうしかった。そのような少しさびしい日が続き、福岡に行ける日を待ちこがれていたが、五月二十日の日曜日に新しいお母様と二人でお迎えに来て下さり、弟と一緒にこちらへ来た。
田舎にも、その頃四才の雅之《まさゆき》ちゃんがいて、私が小さい時から
おんぶして可愛がってあげたせいか
「お姉ちゃん、どこへいくの、早く帰っておいでよ」
と言われて泣いてしまった。学校の友達も、皆で停留所まで送
って来てくれた。
それから福岡市、簀子《すのこ》町の公務員宿舎に落ちつき、舞鶴《まいづる》中学校
に入った。弟は中学生でありながら、二、三日の間は、電車、自動車、
アメリカ兵隊、ネオンサインなどを好んで見に行っていた。

そして今のような豊かな楽しい生活にはいった。

今から考えると何だか、長い夢でも見ていたような、また小説でも読んでいたかのような気持ちだ。十五年の間の、あまりにも変化のある生活だったので、なかなか、自分の運命であったとは思えない。

これから先も、どんな運命が待っているか知らないけれど、私はお金持ちとか偉い人になりたいとは少しも思わない。ただ、よく働き、よく研究して、この世の中を豊かにすることに役立つ人になりたい。

よく話し合い、よく助け合って、誰とでも、どこの国の人とでも仲よく暮らせる人間になりたい。

（昭和二十六年十月　舞鶴中学校二年の時の文）

心のふるさとハルピン

満州（現在の中国）の北部、松花江《しょうかこう》の右岸《うがん》にある大都市ハルピンは、明治二十九年（一八九六年）にロシアが創建《そうけん》した街である。昭和初期には、交通、産業、金融の上からみても国際都市で、ロシア、日本、中国、アメリカ、イギリス、ドイツ、フランス、イタリア等、三十余りの人種が生活をしていたという。その頃、日本内地人《ないちじん》は約一万三千人が在住していた。

昭和七年（一九三二年）一年前に大学を出た父、別府誠之《べっぷともゆき》は広い大陸に憧《あこが》れ、二十五歳の若さで満州に渡る。

当時、日本は就職難で高等文官《こうとうぶんかん》の試験に受かっても、志望する国家公務員の仕事に就けず順番待ちだった。

そこで父は満州国政府に奉職《ほうしょく》し、ハルピンで役人生活を始めた。

昭和十年五月、以前から話があった見合い写真の人との結婚のため、一カ月の休暇をとって福岡県浮羽郡《うきはぐん》柴刈村《しばかりむら》の実家へ帰郷する。両親とも長男の結婚話に喜び、早々に結納《ゆいのう》の日になった。

ところが結婚相手の家で先に呉服屋を呼び、結納の品は「この着物とこの帯がいい」と品選びをされたらしい。

「結納はこちらから贈るもの」と、父と祖父は腹を立て結婚話を白紙に戻してしまった。昔の田舎の事とはいえ封建的《ほうけんてき》な話である。

休暇日数も少なくなったところで別の結婚話が急に持ち上がり、知人の紹介で慌《あわ》ただしく見合いとなった。

「寒い満州について来ますか」

「はい。行きます」

で話が決まった女性が母―福岡県久留米《くるめ》市山川村に住む上滝《こうたき》利枝《としえ》だった。

母は造り酒屋の六女。十三人兄弟の十一番目、おとなしい人だが、急な結婚話に満州までついていく決心をする勇気に芯《しん》の強さが現れている。

縁《えん》とは不思議なもの。この二週間後に二人は結婚。

父二十八歳、母二十二歳の超スピード結婚だった。

後日、父に馴《な》れ初《そ》めの訳を聞くと、

「和服姿が初々《ういうい》しく可愛かった。もう一つは、結婚のために帰郷したので、嫁さんをつれて帰らねば格好《かっこう》がつかなかったんだよ」

と、晩酌《ばんしゃく》しながら照れくさそうに話していた。

新婚旅行を兼ねて渡満《とまん》した二人は日本人官舎に住むようになる。隣人とのつき合いは、日本を離れているだけに家族的で親しかったようだ。遅い春には幾家族かで公園に行き、くつろいでいる新婚時代の父母の笑顔が、赤茶けた一葉《いちよう》の写真に残っている。

私は、その写真を心の中で彩《いろど》りながら、自分の記憶にない「ふるさとハルピン」を想う。

父母が新婚生活を始めたハルピンは、冬になると気温マイナス二十度以下の厳寒地だった。温暖な日本に育った母には想像もつかない寒さだったことと思う。

十月下旬から雪が積もり、水道は凍りついて使えない。窓ガラスには氷の結晶がぎっしり張りつき、外が見えない上に開閉もできなかった。玄関にあるドアの把《と》っ手である真鍮《しんちゅう》のノブには冷凍庫の中にできるような真っ白い霜《しも》が付き、ドアを開ける時、それを掴《つか》むと手袋はノブに凍りついてとれなくなってしまう。そのまま手だけを抜いて家の中へ入っていた。

部屋の中はペチカ、オンドル、石炭ストーブ等で暖をとっていたが、石炭の煤《すす》やガスで喉《のど》や気管《きかん》を痛めるほど室内の空気は悪かったようだ。

もともと細かった母の体は気管支炎、肺炎と少しづつ弱くなっていった。

そのような冬に妊娠《にんしん》する。

胎児《たいじ》は病弱な母親の体から容赦《ようしゃ》なく養分《ようぶん》を取って育っていく。母体は自分に必要な血を新しい生命に分け与える。自然な営みとはいえ母の体には酷《こく》だったと思う。

母は住み慣れない外地《がいち》で、何度か入院しながらただひたすら胎児を守った。

待ちわびた夏

昭和十一年（一九三六年）八月五日。病院で絹子《きぬこ》誕生。体重八百匁《もんめ》（三千グラム）。華奢《きゃしゃ》な母の体にしては大きめの嬰児《えいじ》だった。無理だと思っていた子供が生まれ、母子共に無事だったので、父の喜びようはひとしおだったようだ。幾晩も嬉しいお酒を飲み歩いたらしい。

外地《がいち》住まいをしていると誰もが内地《ないち》、日本のことを想う。その日本の着物、絹《きぬ》に想いをよせて赤ん坊は絹子と命名された。絹のようにしなやかで優しくあれとの願いから、父が名付けた私の名前である。

両親の愛情のもとで夏の間は順調に育っていった。

この年、昭和十一年は、日本の世相《せそう》は不穏《ふおん》な状態にあった。

大雪の早朝におきた二・二六事件。二月二六日、青年将校の指揮

により兵約三百名が岡田首相邸を襲撃。

スポーツ面では明るく、八月一日にベルリンオリンピックが開催され、四十九ヶ国が参加、日本からも水泳女子二百で前畑選手が優勝。「前畑頑張れ!!」のラジオ放送で日本中が湧いた。流行歌では「東京ラプソディー」「男の純情」「博多夜船」等が流れていた。満州に住んでいる日本人はこの年、約七万六千五百人になっていた。

私は出生地であるハルピンの街のことを何も覚えていない。が、生母への想いも重なり、「ハルピン」と言う呼び名の響きに懐かしい故郷を感じる。

生かされた小さな命

ハルビンの冬は厳しく、気温がマイナス三十度にもなる。暖房器具にストーブやペチカを使うので室内の空気が悪く、私はよく扁桃腺《へんとうせん》をはらし病院通いが絶えなかった。

母が体調を崩し入院中の冬、当時一歳半の私もカゼから高熱を出し呼吸困難に陥《おちい》った。急性肺炎と診断。その頃の最新医療、食塩注射や酸素吸入をしたが、赤ん坊のため回復が難しくなっていった。医師は「もう無理だ！」とサジを投げかけた。

父は医師の言葉に怒り、赤ん坊に添い寝しながら酸素吸入を続けた。父が食事をとろうとすると、赤ん坊の顔から酸素マスクが外れ「ハアーハアー」と唇は紫色に変わったという。そのため父は食事もできず、トイレにも行きにくい状態で不眠不休《ふみんふきゅう》の五日間が過ぎた。

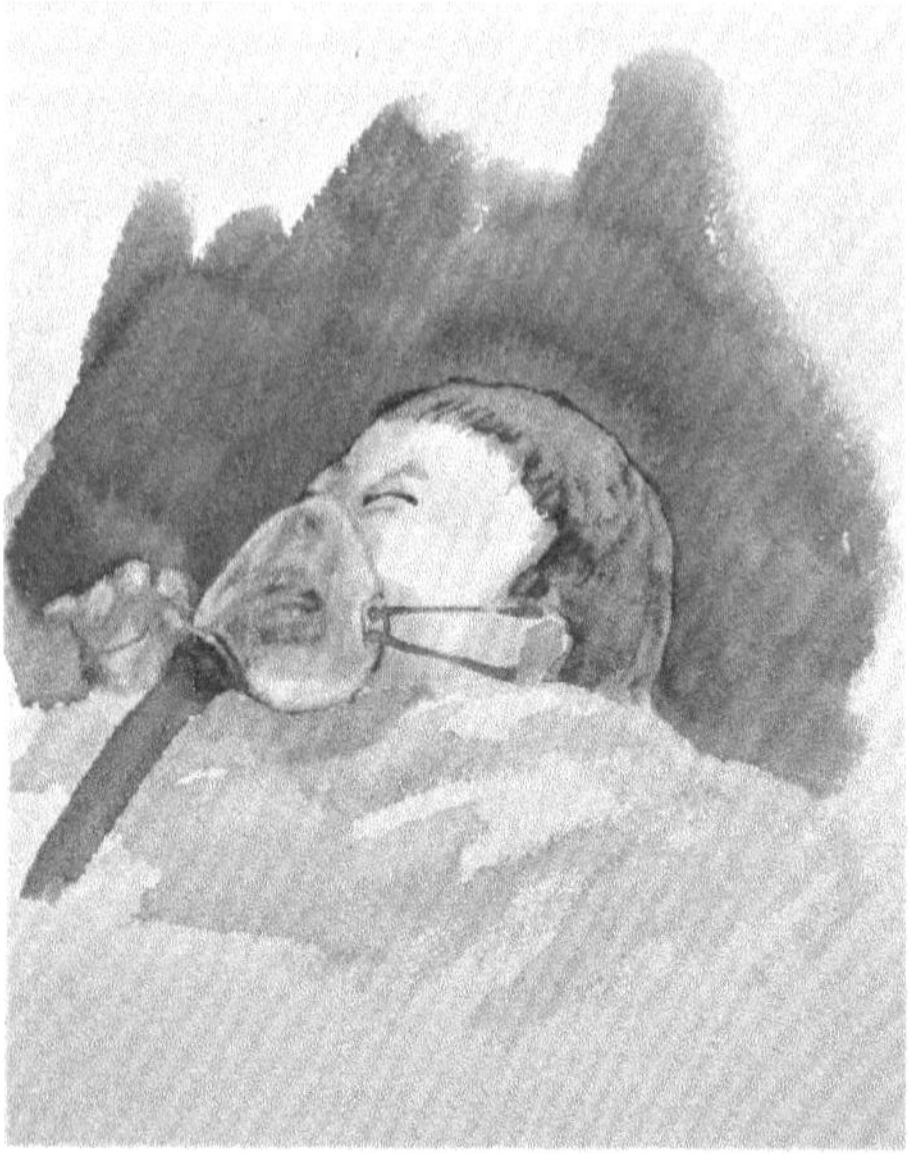

不思議にも命を取り留めた赤ん坊は、ミルクを欲しがって泣き声を上げるようになった。もちろん、私はこのような事情を何も覚えていない。中学生になった

頃、父がしみじみと語ってくれた話である。

「絹子はボクが産んだんだ！」と、お酒の勢いで言っていた父の冗談に親の思いが感じられる。

その後も、扁桃腺炎《へんとうせんえん》、首のリンパ腺《せん》切除、はしか、水疱瘡《みずぼうそう》、百日せきと病魔に侵された。

両親の心配は並大抵《なみたいてい》の事ではなかったと思う。食事も好き嫌いが多く、やせた体で母を困らせていた。

五歳の時、微熱《びねつ》があり体がだるくなりだした。結核性腹膜炎《けっかくせいふくまくえん》と診断。日本での治療を勧められ、久留米市にある親戚《しんせき》の平野病院で治療を始めた。医師は伯父《おじ》にあたり食事のことも栄養面で厳しかった。

食欲が無く、やせた体は腹部《ふくぶ》だけが青白くパンパンに膨《ふく》れている。先生が軽く指で弾《はじ》くとボーンボーンと鈍い音。水がたまっていた。

母と弟と私の三人で、日本での療養《りょうよう》生活が一年間続き病気は全快。父が待つ満州へ戻った。

父は顔色もよく元気になった子どもの姿に喜び、久々に家族揃《そろ》った生活が始まった。

昭和二十（一九四五）年、太平洋戦争が終わり、父はシベリアへ抑留《よくりゅう》、母は病死する。家族が離ればなれになり、私の体も栄養失調でまた痩せ細っていく。

日本に引き揚げ後も急性腎炎《じんえん》、肋膜炎《きょうまくえん》と病気が続いた。中学生、高校生になっても虚弱体質《きょじゃく》、体育の授業は見学ばかりで、「水前寺《すいぜんじ》もやし」のあだ名どおり、細くて青白い顔の少女だった。

熊本で中学二年生の夏休みに、転校前の中学校で一学期のみ担任だった井上先生が、遠くから家庭訪問をして下さった。

「別府さん、体調はどうかね？　人間の体は七年毎にリズムが変わると言われている。今は体が弱くても必ず元気な体になれるからね。自信を持って生きていきなさい。」年配の先生の言葉には優しさと重みがあった。

病弱だった私は両親はもとより、戦後母を亡くし、父と離れていた年月に、多くの方々に助けられて生かされてきた。

振り返ってみると、今日の七十歳までよく生きてこられたと感謝の念でいっぱいになる。

父母もあの世で感心して見守っていることだろう。今後は健康に感謝しつつ、少しでも困っている人々の役に立つことができればと願っている。

水曜会『絆』掲載 二〇〇七年

水密桃《すいみつとう》と青酸《せいさん》カリ 〜瓦房店《がぼうてん》で終戦〜

私が九歳だった昭和二十（一九四五）年八月、私たち親子四人は、満州（中国）の奉天《ほうてん》（瀋陽《しんよう》）に住んでいた。時々空襲はあったが、満州国官吏《かんり》だった父のもとで何不自由なく暮らしていた。

ところが八月九日、ソ連の参戦により平穏《へいおん》な家庭が一転してしまう。

八月十日夜、珍しく帰宅した父は、「大事な話がある」と言って母と私たち姉弟を座敷に呼んだ。

部屋では、燈下管制《とうかかんせい》の黒い布をかぶせた電球がアジアの地図を薄暗く照らし出している。親子四人は地図を囲んで座った。父は、鉛筆で地図を指しながら静かに話し始めた。

「絹子、紘之。よく聞くのだよ。今、ソ連の戦車隊がこの辺りまで攻めてきている。もうすぐ、この奉天にも侵入して来ると思う。お前たちが戦争に巻き込まれないように、お母さんと一緒に疎開させることにした。もし、戦争に負けたら家族もバラバラになって、乞食《こじき》のようになるかも知れない。でも、どんな時でも日本を目指して生きて帰るのだ。わかったね。ほら、見てごらん。この地図では、ここが満州で、この赤い所が日本だよ。小さいけれども私たちの国だ」

いつもと違う厳しい父の顔だった。

「乞食ってナーニ？」国民学校一年生の弟はキョトンとして父を

見上げた。

「日本は負けるの?」同じ学校の三年生だった私はおずおずと尋ねた。私たちはこれまで日本は勝つのだと教えられ、そう信じてきた。

父は、日本が負けて戦争は終わると思うが、その後が大変なこと、食べ物や住む家が無くなり、思うようにご飯も食べられなくなること、お前たちを日本に帰す時期を逸《いっ》して済まないことをしたと、幼い私たちにも分るように真剣に話してくれた。

翌十一日、親子三人は身の回りの物だけを持って追われるように駅へ急いだ。

「役所を守らねばならない」と言う父を奉天に残し、瓦房店《がぼうてん》へ集団疎開することになる。

騒然《そうぜん》としている奉天駅まで見送りに来た父は、

「命を大切にすること。とにかく生きるのだ。街が落ち着いたら必ず迎えに行くから待っていてくれ」と一人ずつ手を握り締めた。

「お父さんも一緒に行こうよ。怖い目にあってもいいからみんなで暮らしたい！」私は父にしがみついた。父は苦しそうに俯《うつむ》いている。今別れたら、このまま会えなくなるような気がして泣きじゃくった。

長時間汽車に乗って、やっと着いた疎開地の瓦房店《がぼうてん》。そこは広い旧満州の中で奉天省《ほうてんしょう》の南方に位置し、渤海《ぼっかい》に近く、恵まれた風土の片田舎《かたいなか》だった。

緑豊かな果樹園《かじゅえん》、広々とした田園風景。道の端では編笠《あみがさ》をかぶった住民たちが、美しい桃色の水密桃《すいみつとう》を籠《かご》に盛って売っていた。

小学校の校舎での集団生活が始まったが、食べ物は思うように無く、甘いものは何も無い。弟と私は「水密桃が食べたい」と、毎日母にねだった。

大きな桃にかじりつくと、自然に甘酸《あまず》っぱさが口いっぱいに広がって心まで潤《うるお》してくれる。着替えの少ない洋服にポタポタ果汁《かじゅう》を落としながら、おもいきり頬張っていた。

集団生活に入って数日後、国民服の男の人が慌《あわ》ただしく入ってきて赤い紙包みの薬を配っていった。

母は緊張した様子で慌ててそれを隠した。私は不思議に思い

「それナーニ　ちょっと見せてー」と執拗《しつよう》に尋ねる。

母は仕方なく、それが青酸《せいさん》カリだということ、ソ連兵が攻めこんで来たら、殺される前に皆でこの薬を飲むように達しがあったことなどを話してくれた。

「子供たちは飲まなくて良いのよ。だから紘坊《ひろぼう》（弟）には黙っていてね。」母は落ち着いていた。私は「どんな事があっても生きるのだ」と言った父を思った。

その当時は、死ぬということを恐ろしいと言えず、勇ましい事のように教えられていた。

瓦房店に来て四日後の八月十五日、終戦の日、大人たちはラジオを前に肩を落としていた。男の人の膝には固く握られた握りこぶしが震えている。

九歳だった私も戦争に負けたことを感じ取り、ひたすら父の無事を祈った。

「お母さん、あの薬を飲むの？」私が小さな声で聞くと、母は首を横に振った。

「お父さんの所に帰ろう！　戦争に負けたから大変な事になると思うけれど、これからは何時《いつ》も家族一緒に暮らそうね」母の笑顔は思いつめたように青白く不安を隠せないでいた。

九月の上旬、集団疎開も解《と》かれ満員列車で奉天へ向かった。その車中、人々は疲れていて口数も少ない。子供たちだけがはしゃいでいた。私も父に会える楽しみで胸を膨《ふく》らませていた。

明日の命さえわからない不安と動揺の瓦房店での集団生活。それだけになお一層、果樹園ののどかさ、路地に並べられた水密桃のみずみずしい色、甘酸っぱさは、五十八年たった今でも忘れられない。

緑豊かな田園の中を親子三人で歩いた思い出は、母との幸せなひとときとして一枚の絵のように心に残っている。

ＮＨＫ福岡文化センター「自分史」講座
『私と戦争』掲載　二〇〇三年

スパシーバ　禁じられた歌

昭和二十年（一九四五年）八月、終戦を迎えた満州奉天《ほうてん》（現、瀋陽《しんよう》）の街では、土けむりをあげてソ連の戦車が走り、騒然《そうぜん》としていた。

夜になると、自動小銃《じどうしょうじゅう》を抱えた数人のソ連兵が、「女を出せ」と、踏み込んでくる。電気もつけず、ロウソクの灯りさえ外に漏《も》れないようにして、息を潜《ひそ》める生活が続いていた。

やがて、我が家の前の平安国民学校が、ソ連軍の兵舎《へいしゃ》として接収《せっしゅう》され、机や椅子はすべて焼かれた。更《さら》に、我が家の二階を、上官達の住まいに提供せよと、強制的に入り込んできた。

「なぜ、敵の兵隊達と、一つ屋根の下で暮らさねばならないのか！」

終戦まで、役所を守るのだと、満州国官吏《かんり》をしていた父は、涙して悔しがった。しかし、このような動乱《どうらん》の中で、家族を守るためには、仕方のない決断だったと思う。

その後、家の中では昼夜《ちゅうや》を問わず、階段を昇降《しょうこう》する兵士達の軍靴の音が絶えなかった。外では時折《ときおり》、銃声がし、子供が遊べる場所はどこにもなかった。


当時、三年生で、歌が大好きな私に、父は真剣な顔で言った。

「日本は戦争に負けた。今、ソ連兵と一緒に暮らしている。君《きみ》が代《よ》と軍歌は、決して歌ってはいけないよ。約束できるね」

私は黙ってうなずいた。

ある日、小さなピアノで大好きな童謡《どうよう》を弾いた。いろんな曲を弾き、「学校はいつから始まるのかなあ?」と思っているうちに、いつの間にか『君が代』を弾いていた。

物音で、ふと気がつくと、応接間のドアの内にソ連軍の将校《しょうこう》が立っている。

軍服《ぐんぷく》姿、腰にはピストル。

私は驚いて立ち上がり、「ごめんなさい」と頭を下げた。青い目が怒っているようだ。ゴトッ、ゴトッと近づいてくる。私は震えていた。

「ハラショ、ハラショ（よろしい）もう一度弾きなさい」。

硬《かた》くなっておそるおそる弾く私を、優しい笑みで包み、大きな手で、頭を撫《な》でて貰った。私と同じ年頃の子供がいるらしい。

その後、この将校さんとは、家族で親しくなり、お箸《はし》を持ち、お豆腐を一緒に食べるようになった。

頭を刈り上げ、弟の洋服を着ている私に、女の子だろう？　と首をかしげた。坊主頭で床に臥している母の容態《ようだい》も心配してくれた。共に暮らしたお陰で、ドラスティ（こんにちは）スパシイバ（有難う）ハラショ（よろしい）ネエハラショ（いけない）等、今でも覚えている。

人は、軍隊として銃を持てば、戦わねばならない。でも、個人的には優しい人たちもいた。

戦後七十五年経った今、はっきり見えてくる事がある。昭和二十年終戦直後から、十月下旬のソ連軍撤退までの二か月半、私たち家族は将校さんに守られていた。お礼を言いたい。でも、もう、この世の人ではない。そうだ。空の上に国境はないだろう。あの世に行ったら、将校さんを探し、スパシイバと感謝の気持ちを伝えよう。楽しみが、一つ、ふえた。嬉しい。

寂しさを押さえた遊び

ロシヤ語が飛びかっていた、ソ連軍上官達との生活。子供には優しく、可愛がってもらった。昭和二十年十月下旬の軍隊撤退で、静かになりすぎ、心細くなった。

数日後、父の知人の世話で、土木《どぼく》関係の仕事をしていた櫛引《くじびき》さん夫妻と職人のお兄さん三人に、二階に住んでもらった。物騒《ぶっそう》な世の中をお互いに助け合って生きたいとの父の考えだった。

十一月十九日、父はヤミ市に夕食の買い物に出たまま捕《とら》われてしまった。ひと月後そのままソ連へ抑留《よくりゅう》。母は病気で床《とこ》に臥《ふ》すようになっていた。近所の友達は日本へ引き揚げ、空き家ばかりが増えていく。

夜になると二階のおじさん、お兄さん達の楽しそうな笑い声が聞こえてくる。母には内緒《ないしょ》で弟と遊びに行き眺《なが》めていた。花札《はなふだ》をしている。初めて見る小さな札。牡丹《ぼたん》の花や鹿、紅葉《もみじ》の絵が美しく、面白そうだ。

母は花札を頭から嫌った。「厳格《げんかく》なお父さんの子だから、そういう遊びをしてはいけません」

しかし、当時七歳の弟と九歳だった私は、すっかり遊びを覚えてしまった。「月見て一杯」「猪鹿蝶《いのしかちょう》」パチッ　パチッと花札の音。点数をつけ計算をする。点数順に蜜柑《みかん》やお菓子が配られる。時には

勝つこともあって楽しい。

二階からは、「始めるよ。早く上がっておいで!」と声がかかるようになった。母が止めるのも聞かず毎晩のように遊んだ。おじさん達との団らんは、父がいない寂しさを忘れさせてくれた。

昭和二十一年の元日、食べ物がない時代に、櫛引さん夫妻は病気の母と私たちを、新年の宴《うたげ》に加えてご馳走《ちそう》してくださった。

母も久々に起き上がり、トランプや嫌っていた花札の座に加わり、にこにこと笑っていた。大島紬《つむぎ》の着物姿、口紅を薄くひき、お屠蘇《とそ》で紅潮《こうちょう》した頬、元気になったと思い嬉しかった。

青森県出身のおじさん達は東北の民謡《みんよう》「花笠音頭《はながさおんど》」を歌い、みんなで童謡「もみじ」「ギンギンギラギラ夕陽が沈む」等を歌った。想いはみんな内地《ないち》へ帰ることだった。敗戦直後の正月で父はいなかったけれど、楽しそうに手をたたいていた母の姿が今でも目に浮かぶ。その年の一月三十一日、母は三十四歳の若さで他界《たかい》してしまった。

子供の遊びは、戦争や世の中の環境によって変わっていく。アフガン戦争を思う時、どこの国の子供たちも伸び伸びと遊べる平和な世界が、一日も早く訪れるように、願わずにはおれない。

平成十四年一月十日記

ＮＨＫ福岡文化センター「自分史」講座
『じゃんけんぽん』掲載 二〇〇二年

きょうだいの宝物

終戦直後の満州、奉天《ほうてん》（審陽《しんよう》）の街は、ソ連軍の侵攻《しんこう》により、日本の警察や役所が機能を無くし、学校の校舎も占拠《せんきょ》され荒れ果てていた。母が治療を受けていた病院も閉鎖《へいさ》。日本人は外を歩けない状態だった。

白昼《はくちゅう》から、ダダ、ダダダ…バーンと自動小銃《しょうじゅう》のけたたましい音。夜は電灯の明かりを目当てに、銃を肩から下げた若い兵士たちが「女を出せ」と土足のまま踏み込んで来る。ロウソクを灯した部屋で声を潜《ひそ》めながら暮らす、隠れ家のような生活が続いていた。

街が落ち着き始めた昭和二十（一九四五）年十一月十九日、父は食料品の買い物に出かけたまま、ソ連兵に捕らえられてしまう。悲しい知らせと共に、母の好物、大根の粕漬《かすづ》けが人づてに届けられた。翌日からは弟と二人、玄関前の道路に出て、父の帰りを今日か明日かと毎日待った。

時折《ときおり》、降りしきる雪の中にボーッと影絵《かげえ》のように浮かぶ父の姿。それは目の錯覚《さっかく》だった。

十二月のある寒い日、「今、収容所《しゅうようじょ》から帰されて来ました」と、父の知人が隠し持って来てくださった父の手紙。それは熨斗《のし》紙のような和紙に看守《かんしゅ》の眼を盗んで、鉛筆で走り書きした一枚の文だった。

「絹子、紘之、ソノゴゲンキデスカ。

オトウサンハ、ウンワルク、ソレンヘイニトラエラレテ、トオイトコロヘイカネバナラナクナリマシタ。

モウ絹子ヤ紘之ノカオモ、ミルコトガデキマセンデショウ。ソレヲオモウト、ナミダガデテ、ムネガハリサケソウデス。

オカアサンモ、ビョウキガヨクナラナイカモシレマセン。イチドニ、フタオヤモウシナッテシマウノデ、オマエタチノコトヲオモウト、カワイソウデナリマセン。

ドウカ、ユルシテクダサイ。

オトウサンハ、絹子ト紘之ガ、ドンナニクロウシテモタエシノンデ、リッパナ日本人トナッテクレルコトヲ、カミホトケニイノッテイマス。

オトウサン、オカアサンガイナクナッテ、ヨソノオジサンノオセワニナラネバナラナイトオモイマスガ、ソノトキハ、オジサンタチノオッシャルコトヲヨクキイテ、キョウダイナカヨク、カワイガラレルヒトニナッテクダサイ。オトウサンガ、アチコチノオジサンガタニ、タノンデオキマス。

オトウサンモ、ドンナニクルシイメニアッテモ、絹子タチガイキテイルコトヲシンジテ、五年タッテモ、十年タッテモ、十五年タッテモカエッテキマス。

絹子モ紘之モ、トクニカラダヲタイセツニ、コレデオワカレデス。サヨウナラ」　父の手紙（原文のまま）

一年生の弟にも読めるように書かれたカタカナの手紙。薄い和紙の字がかすれている。

私はガラス窓に透《す》かして濃《こ》い鉛筆でその字をなぞって書いた。捕われの身の父の体に触れているようで、この字が消えたら父がいなくなるような思いがしていた。

小さな手帳の切れ端《はし》一枚に、ぎっしりと書かれた母への手紙。それを読んでもらっている間に、弟が私を真似《まね》て手紙のなぞり書きを始めていた。初めの二行が一年生の汚い字に変わってしまった。

「どうして！　どうしてこんなに大切なものを汚すのよ」

私は泣きながら怒った。

「だってお父さんが…お父さーん」弟も泣き出した。

「お母さんが強くなるからね。喧嘩《けんか》をしたらお父さんの手紙も泣いちゃうよ」気丈《きじょう》な母は病身《びょうしん》だったが、私たちに涙を見せなかった。幼い弟も父が恋しくて、手紙の文字や言葉に父の姿を重ねていたのだろう。

この父の手紙はその後、私たち姉弟《してい》を支えてくれる大切な宝物となる。

満州からの引き揚げの時も、母の遺骨《いこつ》と共にお守りとして肌身離さず持ち帰ってきた。

父は、昭和二十五年（一九五〇年）四年半のシベリア抑留《よくりゅう》生活を終え帰国した。栄養失調でむくんだ体、髪が白くなり雪焼けした顔、まるで別人のような父の姿はシベリアでの苦しい生活を物語っていた。

終戦の年から五十八年が過ぎ、私たちも孫をもつ歳になった。
父は、九十一歳まで長生きし、平成九年六月に他界した。その七回忌《ななかいき》を迎えた今日でも、父の手紙の中の言葉は、ありがたく私たち二人の宝物として生きている。

平成十五年七月十三日記

ＮＨＫ福岡文化センター「自分史」講座
『私と戦争』掲載 二〇〇三年

母の魂に守られて

昭和二十一年五月、満州奉天《ほうてん》（現瀋陽《しんよう》）の駅は、日本へ帰る引揚《ひきあげ》者で大混雑状態だった。七歳の弟と私も、母の妹の一二子《ひふこ》叔母さんに連れられて「押すな、押すな」で並んでいた。

列車が遅れている。やっと到着した列車めがけて、我先《われさき》にと人々が押し寄せた。しっかり握っていたはずの弟の手が離れ、一人で列車の中に押し込まれてしまった。

「お姉ちゃん！」弟の泣き声。

降りる事もできず列車は動き出した。身動き取れないまま立ち

通しで揺られ、降ろされた平原《へいげん》。叔母や弟の姿はない。夕焼けの中、ぼんやりと立ちつくしていた。

後の列車に乗った叔母達は、千人程の人の中で、私を探し回って下さったそうだ。母の遺骨「白木《しらき》の箱を抱えた女の子」の目じるしで、やっと私が見つかったと聞いた。幼い姉弟《してい》を、一生懸命連れ帰って来て下さった一二子叔母さんに、心から感謝している。

そして当時、二階に住んでおられた東北のおじさんが、厳寒《げんかん》の雪の中で母の亡きがらの手首から先だけを焼き、骨壺《こつつぼ》に入れて下さった。体は雪の中に埋めて頂いたと聞いている。

「元気で日本に帰るんだよ」と白木の箱を首にかけて下さった櫛引《くじびき》おじさん。

私は沢山の方に守られて、今の自分があると思っている。母の手の指だけの骨壺、白木の箱も引揚げの時、はぐれそうになった九歳の私を、守って呉れた。母の魂《たましい》は生きているように思われる。

あの世に行ってみないと解らないが、魂は生きているのではないだろうか？

いろいろな事があった中で、今を生かされている命に感謝。

これからも自分に出来る事をして、思いやりの気持ちを忘れずに生きて行きたい。

満州から連れ帰って下さった、一二子《ひふこ》叔母さんからの手紙

長い事、御無沙汰いたしておりました。十数年ぶりでしょう。

先日、姉より貴女《あなた》様の事を聞いて、うれしく、なつかしく思っていましたが、毎日、毎日仕事におわれて、書くのが延び延びになりまして、すみませんでした。

結婚して、もう立派なお奥様と、お母さんになり、ほんとうに嬉しく、涙が出ました。

紘之さんとも、二人共、幸福な家庭を持っておられるのも、貴女達が苦労をしても、正しく生きてきたので、立派な御主人様と、紘之さんはお奥様にめぐまれたのでしょう。

写真を見せて頂きましたら、三人の坊や達がしっかりして写っているのでおどろきました。可愛いく、頭が良い事でしょう。

お母さんは、大変でしょう。でも、元気で働き、肥っているので安心いたしました。体が一番大事ですので、無理しないようにして下さい。どうぞ、くれぐれもお元気で。

紘之さんにも、よろしくお伝え下さいませ。

一二子より

※平成二年十二月十四日　七十四歳で他界

第2部

絹子ばあちゃんのその後

清く強く生きぬけと云うか八つ手の葉真白き花よ目さめの窓に

捻挫せる足をかばいて歩む道今朝をいのちの重さと思う

このひと日明るく勤めむと鍵開けし今オフィスのドアへのけんまん

両の手に受けてもみたし純白のあひるの羽根をすべる水玉

落葉たく煙しずかに夕やけの空つつみゆく秋のフィナレ

ふと上げし貌冷たかりうつろなる夜窓に生のまま暴かるる

表情のなき貌並びいる終バスの窓にわたしもひとつの物体

封を切る手に薄紅の萩愛《かな》し宮城野の香のまださめやらで

歌集『ゆりね』掲載　昭和三十六年

遠い日の合唱
〜永松先生・田中先生〜

小学生の頃のことは、音楽の調べと共に蘇《よみがえ》ってくる。

満州《まんしゅう》で終戦を迎えた私は、昭和二十一年七月奉天《ほうてん》から引き揚げ、福岡県浮羽《うきは》郡柴刈《しばかり》村（現在の田主丸《たぬしまる》町）柴刈小学校の三年生に転入した。外地《がいち》での混乱と病弱な体のため、一年留年《りゅうねん》しての三年生編入《へんにゅう》だった。

転校生など、ほとんど来ない田舎《いなか》の学校なので珍《めずら》しがられ、家の庭や教室の窓に様子を見に来る子が多く、私はその度に隠れた。

「出てこんの！　遊ぶばーい」

素朴《そぼく》で優しい友達の声も、初めのうちはその方言に馴染《なじ》めなかった。

父はソ連に抑留《よくりゅう》され、母を亡くして、引き揚げ時の栄養失調でやせ細り、蒼《あお》い顔の私をいつも気遣って下さった木下先生。二年生の幼い弟を誰もいない物陰《ものかげ》で、しっかりと抱きしめて下さった今村先生。

母親が一番恋しい年頃だっただけに、今でもその温もりを忘れないと、弟は言う。

当時、大切な修身《しゅうしん》の本の一部を墨《すみ》で塗《ぬ》り消すように指示されたり、少し前までは正しいと教えたことを、終戦を境《さかい》に取り消さねばならなかった先生方のご心労《しんろう》は大変だったことと思う。

五年生の時、担任の永松博子《ながまつひろこ》先生は放課後、オルガンで外国の民謡《みんよう》を教えてくださった。

昭和二十二、三年頃は、紙も少なく賞状は薄黒《うすぐろ》い半紙《はんし》だった。給食は粉ミルクにバターをとかした飲物《のみもの》で、その臭《にお》いが嫌で鼻を摘《つま》みながら飲んだ覚えがある。お弁当に麦ご飯を持参できたのは農村にいたお陰で、都会では食べ物も不足していた。

このような時代なので、古いオルガンから奏《かな》でられる音楽は、より素晴らしく何よりも私達を元気づけてくれた。

永松先生はいつも明るく呼びかけられた。

「世界は広いのよ。いい歌も沢山《たくさん》あるの。元気を出して。さあ、歌おう!」と。

庭の千草《ちぐさ》　（アイルランド民謡）

サンタルチア　（イタリア民謡）

ローレライ　　　（ドイツ民謡）
追憶《ついおく》　　　　（スペイン民謡）
ボルガの舟歌《ふなうた》（ロシア民謡）
先生を円《まる》く囲《かこ》み、教室の窓が夕焼けに染《そ》まるまで時間を忘れて歌い続けた。
この頃の私にとって先生のお言葉は、ある時は母親の慈《いつく》しみのようであり、ある時は父親の教えと思って心を耳にしていた。
少しずつ村の人にもとけ込み、方言で話すようになっていった。
六年生も終わり近く、一月の寒い日のことである。
薄暗い講堂《こうどう》から、ボーン、ポロン、ボーンと不協和音《ふきょうわおん》が響いてきた。

仲良しの友達、三好《みよし》さんと私は驚いて講堂へ向かって駆《か》け出した。

「誰かピアノで遊びよるばい」

「どこのわるそう(いたずら坊主《ぼうず》)じゃろか。先生からがらるる(しかられる)たい」

最上級生《さいじょうきゅうせい》の正義感《せいぎかん》から、いたずら坊主に注意しようと意気込み、「だれか!」と、飛び込もうとして二人ともびっくり。そこには担任の田中宏《ひろし》先生が独《ひと》り、ピアノの前で音を探《さが》すかのようにでたらめに鍵盤《けんばん》をたたいておられる。少し寂《さび》しげだが真剣《しんけん》な先生の横顔に、私達はおそるおそるその場から引きあげた。

その後、夕方になると時々音楽には程遠い乱れた音が流れてきた。私達クラスの生徒は、覗《のぞ》きにいっては吹き出して笑い、

「先生、何ばしござるとじゃろ？」

と不思議がった。

六年二組担任の田中宏先生はお年は五十歳、誠実《せいじつ》で物静かな方だった。得意なのは国語と歴史。よく昔の話をしてくださった。

みんなが田中先生のピアノのことを忘れていた二月中旬、突然、先生から、

「私と一緒に講堂で歌おう。いい歌だぞ。触《さわ》ったこともないピアノを練習してどうやら曲になってきた」と楽譜《がくふ》を渡された。

それは聞いたこともない大人の歌で「出船《でふね》の港」という曲だが、みんなは気が進まない。卒業前で多くの友達がうきうきしていた。

「いや！　放課後は外で遊びたか。一組はよかー。みんな先生と

一緒に外で遊びよるたい」

「歌は永松先生からいっぱい習うたけん、先生は無理せんでよかです」

田中先生は困った顔をされたが、三十分だけということで仕方なく練習が始まった。

ところが四、五日経ってもピアノと歌が全然合わない。ピアノが途中《とちゅう》で途切《とぎ》れる。男の子はふざけて音程《おんてい》の狂《くる》った声を出す。先生だけが一生懸命だった。

十日過ぎた頃、

「合唱がこんなに難しいとは思わなかった。この曲は、みんなで力を合わせて船を漕《こ》ぎ、鯨《くじら》を追っていく力強い歌だ。藤原義江《ふじわらよしえ》という立派《りっぱ》な人が歌っている。全員で頑張らないと歌にはならないぞ」
と諭《さと》された。
その後、どうにか合唱が合うようになり、毎日真面目《まじめ》に歌った。
先生が嬉しそうに褒《ほ》めてくださる日もあった。
卒業式が終わり、いよいよ本番の合唱の時がきた。クラス全員
で講堂のピアノを囲み、ただひたすらに大声で歌った。
「先生。もう一回歌おう！」
いつもふざける中村君が叫《さけ》んだ。
♪
ドーンとドンとドンと波乗り越えーてー
♪

三十八人の子供達の真っ赤な顔。がき大将《だいしょう》も泣き虫も目を輝かせて、力いっぱい声を張り上げる。先生もピアノを弾《ひ》きながら歌っておられる。下級生や一組の友達の顔も窓に並んでいる。

みんなで声を合わせる最後の曲。

合唱は大きなうねりのように校舎にこだました。

歌い終った後、先生は静かに言われた。

「ありがとう。ありがとう。

私は、どうしてもこの曲をみんなと歌いたかった。先生はもう、六年生を送り出すことはないと思う。みんなと練習した日々、今ここで歌った今日の日を決して忘れない。

小学校、中学校と卒業して社会に出れば荒波《あらなみ》もあるはずだ。

辛抱《しんぼう》して耐えることも大切だがここぞと思うときは、ドーンとドンとドンと乗り越えて強く生きていきなさい」

田中先生の目はうっすらと潤《うる》み、私達も初めて先生のお気持ちがわかった。昭和二十五年三月、卒業式の日のことである。

この二年のち、田中先生は亡くなられた。

しかし、先生の教えは四十三年たった今も、私達の胸に「出船の港」の曲と共に生きている。

出船《でふね》の港　　　　時雨音羽　作詞

一、ドンとドンとドンと波乗り越えて
　一挺《てい》　二挺　三挺　八挺櫓《ろ》でとばしゃ

さっとあがった　くじらの汐《しお》の
汐のあちらで　朝日はおどる

二、
エッサエッサエッサ　押し切る腕は
みごと黒がね　その黒がねを
波はためそと　ドンと突きあたる
ドンとドンとドンとドンと突き当たる

ＮＨＫ福岡文化センター「自分史」講座
『恩師群像』掲載　一九九三年

子供たちの宝物 ―アゲハ蝶

今年（平成二十一年）四十歳代になる三人の息子達（富士男・英二・晃）が、それぞれ小学校六年、三年、一年生の時のことである。

昭和五十一年七月、夫の転勤により子供たちも、長崎の北陽《ほくよう》小学校から福岡の高取《たかとり》小学校へ転校することになった。

友達と別れ、列車の人となった息子たちは、ひとつの虫籠《むしかご》を代わる代わる膝《ひざ》の上に載《の》せて覗《のぞ》き込んでいた。中には、自分たちが卵から育てたアゲハの幼虫が淡《あわ》い緑色の蛹《さなぎ》になり、蜜柑《みかん》の枝にしがみついていた。小さな命は機関車の振動《しんどう》で震《ふる》えている。

長崎からの旅に耐えた蛹は、福岡の公務員官舎で、虫好きの三男、晃《あきら》の机の上に落ち着いた。

夏休み半ばの暑い日、晃の歓声で虫籠を覗くと、アゲハ蝶が羽化《うか》してケースの中でよろよろと歩いている。三兄弟はしばらく見守っていた。やがて晃の小さな手に乗り移ったアゲハ蝶は、美しい羽根を震えるように広げた。眩《まぶ》しい日差しの中、ヒラヒラと青空高く舞っていく。

「長崎の友達によろしくね」

「塩塚先生に、よろしく！」

「鳥に食べられないように、長生きしてね」

子供たちは、アゲハ蝶が長崎へ帰るものと思っていた。蝶に手を振る息子たちの瞳はキラキラと輝いていた。

第２部　絹子ばあちゃんのその後

先生や友達と別れた寂しさを抑え、小さな命に託《たく》した一途《いちず》な子供たちの思いに、親の私が教えられた。

この時の光景は一葉《いちよう》の写真のように今でも思い浮かぶ。

あの頃から三十三年も過ぎた現在、私は「幼虫ばあちゃん」と呼ばれながらアゲハの幼虫を見つけると、つい飼育してしまう。蜜柑農家から見れば害虫と分かっている。でも、かわいくて鳥に食べさせたくない。

昨年の夏、五歳の孫、利基《りき》が夏蜜柑をたべていた。

「おばあちゃん。この種には命が入っているよ。今すぐに植えるんだ」

孫が口から出した種には白い芽のようなものが伸びていた。

「この暑い夏に芽吹《めぶ》かないよ」

私の声を無視して、父親の晃と利基は植木鉢に、宝物のように五つの種を蒔《ま》いた。

驚いたことに、十日で双葉《ふたば》が出て、今では五本とも三十センチ程に伸びている。その蜜柑にアゲハ蝶が仁丹ほどの黄色い卵を産み、蜜柑の枝ごと移した飼育ケースの中で幼虫から蛹へと育っていく。我が家では幼虫飼育のため殺虫剤や蚊取線香《かとりせんこう》は使わない。

最近、子供達が大好きなメダカが少なくなり、蜜蜂《みつばち》、アゲハ蝶、みの虫が減っている。私たち大人も、もっと身近な自然に親しみながら、小さな命を育《はぐく》む心のゆとりを持ち続けたい。

今年八月十三日のお盆に、ちょうど蛹から羽化したアゲハ蝶を、五人の孫たちの歓声に包まれながら青空へと見送った。

七十三歳ばあちゃんの心に残る至福《しふく》のひとときだった。

①アゲハの幼虫を昆虫ケースに移す．　2009. 7. 10

②幼虫から蛹になる（蛹の期間約二週間）2009. 7. 28

③飼育ケースで蛹から羽化したアゲハ蝶(2009. 8. 13)

④ 蛹の抜けがらと羽化したアゲハ蝶　(2009. 8. 23)

⑤ 羽化したばかりのアゲハ蝶　(2009. 8. 23)

⑥ 空へ舞う直前のアゲハ蝶　(2009. 8. 23)

あの世でも踊り友達

福岡市東区の箱崎《はこざき》商店街に、八百屋、魚屋、雑貨屋さんが並ぶ〝きんしゃい通り〟がある。私がよく買い物に行く所で、歩いていると「絹子さーん、今夜のおかずなーに？」

「久しぶりね、元気にしてる？　少し白髪《しらが》が増えたみたいよ」と友達の声がかかる。

みんな、それぞれに買い物籠《かご》を提《さ》げての立ち話。元婦人会役員で、今は孫たちの世話をするようになった新米《しんまい》のばあちゃん達の井戸端《いどばた》会議ならぬ〝市場会議〟が始まり、孫の話に花が咲く。

箱崎婦人会は七十三年の歴史があり、戦時中の愛国婦人会、国防婦人会が源《みなもと》をなしている。年間の行事も多彩《たさい》で、五月三日、四日の「どんたく」には箱崎の街中を踊り歩いた。編笠《あみがさ》をかぶり、揃《そろ》いの着物に豆絞《まめしぼ》りの手拭《ぬぐ》い、赤い鼻緒《はなお》の草履《ぞうり》という出《い》で立ちで、しゃもじをたたきながら筥崎宮《はこざきぐう》にも踊りを奉納《ほうのう》した。

ハッピ姿で「どんたく囃子《ばやし》」を歌いながら、かけ声も若々しい自治会《じちかい》の役員さん達。

ぼんち可愛《かわ》いや　寝んねしな
品川女郎衆は十匁目　十匁目の鉄砲玉
玉屋が川ェ　すっぽんぽん

どんたく隊員は、編笠をかぶるとみんな美しく見える。四十代から七十代の四十数人、婦人会のキレイどころ？　自然に化粧《けしょう》も厚くなる。

しゃもじの音につられてあちこちから、年配《ねんぱい》の方が出て来られ、手拍子《てびょうし》をとったり踊りの輪に入ったり。歳を忘れた笑顔が並ぶ。地域ぐるみでの「どんたく祭り」や盆踊りで賑《にぎ》わっていた。

この他にも敬老会、運動会、病院慰問《いもん》など出番が多く、今でも続いている。そのため、毎週木曜日に民謡舞踊《みんようぶよう》の練習をしていた。八月のある暑い日のこと、盆踊り練習後の団欒《らん》のひとときに、一人の友達が話しかけてきた。

「絹子さん方のお墓は一光寺《いっこうじ》だよね」

「そうよ、あなたの家のお墓のすぐそばよ」

「ええ、家と家とは離れているけど、お墓のほうは近いのよね」

二人で話していると、

「私も一光寺よ」「私もよ」と声がかかってきた。一光寺は多くの檀家《だんか》をもっている。

「ワァー　一光寺の檀家の人が多いね。よかことを思いついた。あの世に逝《い》ってからもお盆やどんたくの時はお墓から出て、みんなで踊ろうよ」

「そうたい！　あの世ではご飯の用意もせんでよかろうけん、どんたく囃子でしゃもじをたたいて、みんなでそうつき回ろうや」

「ヤアーおもしろかー、私は長生寺の檀家だけどしゃもじの音がしたら出て来るけん、踊りの仲間に入れてね」と敏子《としこ》さんの声。

レクリエーション委員長の石川さんがおどけて言った。

「みーんな、お棺《かん》の中にしゃもじと手拭《てぬぐ》いを忘れんように入れてもらうとバイ、わかった？ 私がトランジスターと民謡テープを抱えていくけん」

「はーい」みんな大笑い。遠足にでも行くような話になった。民謡舞踊練習の盛り上がりが、あの世の夢にまで発展してしまった。

八年間の婦人会活動、みなさんと一緒のボランティアを通して地域に大勢の友達ができた。私にとって大きな宝物であり、心の支えになっている。

NHK福岡文化センター「自分史」講座
『友ありて』掲載 二〇〇〇年

父のユニフォーム

宝満山《ほうまんざん》を背に緑豊かな歴史の街、太宰府《だざいふ》は静かなたたずまいを見せている。

西鉄太宰府駅の一つ手前、五条《ごじょう》はまだ田畑も多く、川には水鳥が遊び空気がおいしい。

その、のどかな住宅地の片隅に私の実家があり、平成五年の現在、八十五歳の父と七十八歳の現在の母が二人で、ひっそりと暮らしている。

庭に来る野鳥と親しみ、草花や観葉植物を愛《め》で育てている毎日のようだ。

時には小さな衝突《しょうとつ》をし、父は母のことを、母は父のことを、少し惚《ぼ》けてきたのではないかと心配し合う。お互いに助け合い、寄り添っている老夫婦の姿は微笑《ほほえ》ましい。一日、一日をいとおしんでいるように見える。

福岡市の箱崎に住む私は時々食物を運んで行く。

「こんにちは。新しいお魚や海苔《のり》の佃煮《つくだに》を持って来たよ」

「おお、絹子来たか。おいしそうだなあ、この魚」

のど飴《あめ》、豆腐、雲丹《うに》、松浦漬《まつうらづけ》など、両親の好物がテーブルに並び、店開きが始まる。

「忘れないうちに、はい、いつもの切符だよ。忙しい時は来なくてもいいからね」と、父がさし出す。

「ありがとう」

私は五条～福岡間の二枚の切符を押し頂く。一枚は今日の帰りに、後の一枚はまた来る時のための切符だ。もう何年もこの切符をもらっている。

ふと、父の服装に気づいた。

「あら、お父さん。今からどこへ行くの」

「いや、どこにもいかんよ」

母が手招きしている。台所へ立って行くと、

「少し寒くなったから上着まで着こんじゃって。今年もあの背広が、お父さんのユニフォームになりそうよ」

と、小声で笑う。

父はワイシャツに背広を着て、真面目《まじめ》な顔でソファーに掛けている。

「お父さん。今度、家庭着用にジャージーの上下を買ってあげようか。前開きがいいでしょう？　動きやすくて着心地が良さそうよ」

と、私は父の前に座った。

「スポーツウェアーか？　あれを着たら運動せにゃならんじゃろう。体操せにゃならん。動け、動けと追っかけられるような気持ちで、座っていて居心地が良いわけがない」

と、父はぶっきらぼうに言う。

「そんなことはないよ。靴だって運動靴でスニーカーといって歩きやすいのがあるのよ。散歩の時に履いてごらんよ」

「そんな物を履いたら走らにゃならん。もう、走れんから、いらんよ」

母と私はあきれて吹き出してしまった。明治生まれの父は、このように思い込んでいる。

国家公務員を五十五歳で退官し、その後七十二歳までの会社勤め、五十年間のサラリーマン生活で背広になじみが深い。背広を着れば元気が出る、背筋が伸びると言う。

観世音寺《かんぜおんじ》や都府楼跡《とふろうあと》への散歩も、背広に黒の革靴で歩きまわり、病院通いにも昔のスーツを愛用している。流行には目もくれず、自分流の、今までの物を大切にする質素な生活。

自然の風景、空気、土、日光に恵まれ、それが何よりの贅沢《ぜいたく》かな？と思いながら、帰途《きと》についた。

道路脇に落葉樹の並木が冬空に向かって枝を伸ばしている。若い頃の私は、花が咲き、実をつけている樹木が好きだった。この頃は、花や実の余分なものをすべて落とした落葉樹に、こころ魅《ひ》かれる。

勤めを辞め、肩書きも下ろして、潔《いさぎよ》く、飾らず、淡々《たんたん》と生きている父の姿が重なるのかも知れない。体重は四十三キロ、脂肪《しぼう》や筋肉も捨ててしまった。でも、根だけはしっかり大地に張って、毎日日記を記し、新しい横文字の言葉を手帳に書きつけて覚えようとしている。

花や実はもう要らない。来春も少しだけ葉をつけてくれればよいのだが……。

祈る思いで木々を仰《あお》ぎ、待っていてくれる父母を持つ身の幸せに感謝している。

この両親も平成九年六月に父が、平成十一年十月に母が、あの世へ旅立ちました。

ＮＨＫ福岡文化センター「自分史」講座
『友ありて』掲載 二〇〇〇年

家庭、そして〝ふれあい〟

三人の息子たちで賑やかだった我が家も、一人、二人と独立していき夫婦二人の年金生活が十年目を迎えた。

夫は七十三歳、私が六十八歳。この先、二人が健康でどれくらい生きていけるかは分からないが、今のところ時間だけは自由になる。

改めて今の私の生きがいってなんだろうと、考えてみた。私が現在興味を持っていることが三つある。目が不自由な方々へのボランティア、朗読《ろうどく》と点字。耳が不自由な人々と集《つど》う手話《しゅわ》ダンス。少年院、少女苑《えん》の少年たちとの交流を持つ更生《こうせい》保護女性会。あちこちのグループに頭を突っ込んでいる。

朗読は本の文章、文字を音声で伝えようとテープに吹き込む作業だが、奥が深く難しい。イントネーションやアクセントなど、一生勉強だと思っている。

「ふるさと」「四季の歌」「上を向いて歩こう」等、誰にでも親しまれている曲を手話で表現し、ステップを踏む手話ダンス。手話に気を取られていると、ステップがお留守になる。歌詞を覚え、指を動かし、足のステップ。この三つを音楽に乗せるのに悪戦苦闘《あくせんくとう》。六十五歳からの手習いで、手足を動かしながらの頭の体操。手話を忘れて動きは鈍い。空気の振動《しんどう》で音を感じ取られるのか、表情豊かにステップを踏む耳が不自由な友達。生き生きとした明るさに、私の方が元気をもらっている。

でも、この中のどれを取っても「生きがい」と言えるほどには達していない。私はふと、散歩から帰った夫に尋ねてみた。

「お父さん、あなたの生きがいってなあに？」

「そうだね、今の僕には歩くこと。歩けることが生きがいだよ」

と、明るい声が返ってきた。

仕事一途《いちず》だった夫は、十八年前五十五歳のとき脳出血になり、やっと命を取り留めた。そのときの後遺症《こういしょう》で、右半身に少しマヒが残っている。リハビリを兼ねて毎日一時間半、一生懸命歩いている。やっと家にたどりついた夫の背中は、暑さで汗がびっしょり滲んでいた。

私は、ハッと忘れていたことに気づかされた。私の生きがいは、この夫を支え家庭、家族を守ること。家族が健康であるからこそ、家を外に好きなことに夢中になれる。平凡で、ありふれた日常生活の中に、大切な生きがいがあるのだと思った。

夫の病により、私たちは一日一日の大切さ、体が不自由な人への思いやりを学んだ。

これからも、多くの人々との「ふれあい」を大切に、自分を磨きつつ明日へつないで生きたい。

水耀会『私の生きがい』掲載 二〇〇五年

のんびりと鉢の草取り

その日は暖かいお彼岸《ひがん》の中日で、心地よい風が吹いていた。私は咲き誇っているパンジーやベゴニヤの鉢《はち》に水をやり、のんびりと草取りをしていた。

突然〝ドドーン〟と、突き上げるような地鳴りと同時に上下へ大きく揺れた。中腰だった私は転げそうになり、玄関先の手すりを両手で握り、座り込んだ。すぐ傍らにある四台の車がガタガタとぶつかりそうに迫ってくる。

（何が起きたんだろう？）

空を見上げると電線が切れんばかりに波打っている。ベンジャミンやポトスの鉢がバタバタと倒れてきた。悪夢の中にいるようで、しばらくは立ち上がれなかった。

「お父さーん。どこに居るの？」

ドアを開けたままだった玄関内まで這って行き叫んだ。でも、声がかすれて出ない。

「お父さーん」

「ベッドに腰掛けてるよ。衣類の整理中だったんだ。すごい地震だなあ」

私は（助かった！）と思った。家に入ると、三面鏡《さんめんきょう》が倒れ額《がく》が落ちている。幸い二人ともケガはなかった。

彼岸法要のため、十二時前に東区箱崎《はこざき》三丁目の一光寺《いっこうじ》へ向かった。驚いたことに、大きな本堂の瓦《かわら》が右側二列滑り落ち、入口近くに瓦の山ができている。裏の墓地には四百基《き》ほどのお墓があるが、数個が倒れ、灯ろうや戒名塔《かいみょう》はほとんどが崩れ落ちていた。

（地震は仏様にも容赦《ようしゃ》しないのかしら？）余震の中、急いで藤野家の墓に参った。三時過ぎて電話連絡ができるようになり、富山の息子をはじめ、新潟、甲府《こうふ》、仙台《せんだい》と多くの方々から見舞いの言葉を頂いた。

夜になっても震度3、4の余震《よしん》が続いていた。恐怖の中、私はふと熊本九州女学院（ミッションスクール）の頃、礼拝堂《れいはいどう》で祈った言葉を思い出していた。

一光寺

天にまします我等《われら》の父よ。

願わくば今日一日の平安を与え給え……

地震という自然の脅威《きょうい》―人間の力ではどうすることもできない。

二か月が過ぎた今日でも、「眠れない。食事が入らない。落ち着いて何もできない」など安定剤や睡眠剤に頼る人が多い。

長い人生には、「上り坂」があり、「下り坂」もある。この他にもう一つ、「まさか！」という天災や人災がある。日ごろの心の備《そな》えが大切だ―との話を聞いた。

今まで以上に、一日、一日を、大切につないで暮らして行きたいと願っている。

水曜会『私の生きがい』掲載 二〇〇五年

ありがとう

親子の絆《きずな》　今も

平成九年六月九日（月曜日）早朝、父は病院の個室で独り、あの世へ旅立っていった。享年《きょうねん》九十一歳、病名は心臓マヒ。眠っているような穏やかな顔、生前の厳格さはなかった。

前日まで、弟や妹たちと大好きなプリンを食べ、病室の中を歩いていたそうだ。あまりにも突然なことで、みんな言葉もない。九十一歳という年齢を考え覚悟はしていたものの、最後に母や子どもたち家族で、「おとうさん」と呼びかけ感謝し、お別れするひと時が欲しかった。

「大往生《だいおうじょう》」と人は言うけれど、週に五日、夕食の付き添いに太宰府の病院まで通っていた私にとって、唯一《ゆいいつ》悔やまれる出来事だった。

平成九年六月六日、私は何時ものように病院で父と夕食を共にした。病人食を二人で囲む。湯飲みから父の好きな緑茶が香る。

「絹子、これ美味しいぞ。すこし食べてごらん」

「お父さんも、もう少し食べたほうがいいよ」

父は、この頃あまり食が進まなかった。残すと栄養士や調理人に申し訳ないと、私におかずを押し付けていた。私は少しでも食欲が出るように祈る思いで見守っている。

食事時の父はベッドに正座し、「いただきます」と手をあわせ、口に食べ物を運んでいく。

「フー、フー」という荒い息づかい。物を食するのに一生懸命な状態になっていた。父がもし、自分で食べられなくなった時、人が食べさせる匙《さじ》に口を開けてくれるだろうか。私はひそかに心配していた。でも、テレビを見るときもベッドの上に正座している。

「お父さん、ここは病室だからベッドに横になって見ていいのよ」

「アナウンサーはきちっと立って話しているじゃないか。こちらも寝そべるわけにはいかん」

枕元にその日の新聞がたたんで置いてあった。私が整理しようと重ねていると、

「キチット四隅《よすみ》を合わせて畳《たた》みなさい。どうせ捨てる物と思って

いるのだろう。この新聞を創るのにどれだけの記者たちの苦労があり、校正、編集、印刷と手がかかっていると思うかね。それに紙は大切なものだよ」

明治生まれで、五年近くシベリアで抑留生活をし、特に紙に不自由した父は「清貧《せいひん》」の精神を大切にしていた。

その日も午後七時近くになってしまった。

「晋ちゃんが待っているだろう。早く帰りなさい。ありがとう。晋ちゃんによろしくね」

父は手足に少し麻痺《まひ》が残っている夫を気遣ってくれていた。病院の出口で忘れ物に気付き病室に戻った。

「お父さん、お茶を入れてきたマホービン、置き忘れてしまってー」

「おお、絹子も忘れ物をするようになったかー。ウフフフ」

「また九日、月曜日に来るからね。明日の土曜日と日曜日には宗子《むねこ》ちゃん、美智子《みちこ》さん、勢津子《せつこ》さんが来てくれるよ」

「ああ、待っているよ」

薬を飲もうとしていた父の笑顔が、最期《さいご》の父の姿だった。今でも私の心に残っている。

もう既《すで》に、九年近くの年月が流れた。他界してしまい、もう会えない父なのに、この頃では近くに感じるようになった。

満州で亡くなった母と同じく、私たちきょうだいを見守ってくれているようで、これが親子の絆なのかも知れない。その絆はたとえ死別しても心の中でしっかりと結ばれている。

幼い頃、父に撮ってもらった古い写真を見つめていると、父の優しいまなざしを感じ、シャッターの音まで微《かす》かに聞こえるような気がする。忘れていた昔のことが懐かしく思い出される。父の生前には思ってもいないことだった。

「お父さん、私も今年は七十歳。『清貧』の精神を胸に、あと五年か十年、大切な時間を生きていきます」

水耀会『絆』掲載 二〇〇七年

平和への願いはひとつ

平成四年に私が「ＮＨＫ自分史講座」に入り、その後水耀会《すいようかい》に引き継《つ》がれて述べ十六年になります。小嶋勇介先生の下で言葉や文章、健康、人生のことを教えていただきました。その間、自分史を本にまとめて卒業された方、その他多くの方々との出会いがありました。

でも長い年月の間に次の八名の方があの世へ旅発たれました。

・楽しい集いの幹事役だった納戸太郎さん。
・博多のごりょんさんで、美容、着付けの先生の大神アイさん。
・毎月の丑《うし》の日に食べる鰻《うなぎ》とマージャンがお好きだった北川登美

子さん。
・いつも優しい眼差しで包んでくださった松本典子さん。
・戦争中、勇ましい軍人だった福田八衛さん。
・終戦後、中国抑留生活が長く、病気とも闘っておられた江藤福男さん。
・禅《ぜん》の道を説かれ、病床《びょうしょう》から水耀会に出席なさっていた岡重敏さん。
・ご主人の帰還《きかん》を一途《いちず》に待たれ、教え子にも慕《した》われていた阿部春子さん。

戦争中、終戦後を生き抜かれた先輩方のお話や自分史に接して、人としての色々なことを学びました。心から感謝しています。

天国から「あら！　また会いましたね」と自分史講座同窓会を楽しんでおられるのではないでしょうか？特に岡さん、阿部さんは平成十九年九月、それも同じ頃に亡くなられ、どこかでお話をなさっているように思われます。

平和を願う気持ちは、みんな一緒でした。先輩方の思いは、私の心に深く残っています。どうぞ大空で「千の風」になって、平和な世界になりますよう見守ってくださいませ。

ご冥福《めいふく》をお祈りいたします。

水耀会『私の宝もの』掲載　二〇〇八年

生かされた限りある命

私の宝ものは年齢と共に変わってくる。幼い頃はどんぐりや貝殻《かいがら》、満州（現・中国北部）から引き揚げる九歳の時は、リュックサックのポケットにゴム跳び遊びのための輪ゴムと、色鮮やかなおはじきをそっと忍ばせて日本まで大切に持ち帰っていた。

昭和二十年終戦当時、私たち家族四人は満州で暮らしていた。ソ連軍の占領により日本人の命が危《あや》ぶまれた時、父母は「絹子と紘之だけは生きて日本に帰したい。どんな事があっても生きるのだ」と、よく私と七歳の弟に諭《さと》し聞かせていた。母はその半年後三十四歳で病死してしまった。

今も手元に残る久留米市高良大社《こうらたいしゃ》のお守りに、父母の思いが託《たく》されている。

戦後も遠くなり、私と弟はそれぞれに家庭を持ち、子供にも恵まれた。息子達も成人し巣立っていった。平成十年九月二十七日早朝、突然の電話。孫誕生の知らせだった。産院に駆けつけ、初めて見る孫の顔。抱き上げる私の腕の中で安らかに息づいている。早くも指を口元に持っていこうとするしぐさ。

「元気に生まれてきてくれて、ありがとう！」

初孫、直人誕生に体の中から込み上げてくる感動があった。

平成九年に父を亡くし、気落ちしていたこともあり、見上げた空が一瞬にして明るくなったように思えた。

「お父さん、お母さん。あなたたちの命が、今新しく繫《つな》がりましたよ」私は思わず空に向かって話していた。曾孫《ひまご》を見ることが出来なかった父母も、空の上で喜んでいることだろう。

私の宝ものは父母から受け継いだ命だと思う。幼い頃は病気で、九歳の頃は戦争のため何度も消えかかりそうになった命、その命が今、七十一歳を生きている。水耀会、朗読の会、更生保護女性会、手話ダンスと、色々な会の方々との繫がりを広げながら、大切に日々を重ねている。

昨年（平成十九年）四月、卵巣腫瘍《しゅよう》で開腹手術をした。十数回の検査や麻酔《ますい》、手術の同意書にサインする時、命の重さを感じ不安

になった。全身麻酔で手術が終わり、麻酔科、婦人科、外科の先生方、看護師さんのおかげで全快できた。

「おばあちゃん、死なないで！」

孫たちの優しい言葉も力になった。

品物やお金より自分の命、持ち時間を宝ものとして考えるようになったのは、歳を重ねた証《あかし》しかもしれない。限りある命だからこそ、夫と支え合い、子供たち孫たちと共に明るく楽しい時を過ごしたい。三人の子供たち「富士男」「英二」「晃」、そして五人の孫たち「直人」、「茜」、「利基」、「紗由実」、「日菜子」に平和と命の大切さ、私の父母の思いを少しでも伝えることが出来ればと願っている。

水耀会『私の宝もの』掲載 二〇〇八年

夫の病気で一家団結

人の一生にはいろいろな事がある。

ある時は大雨のような苦難《くなん》も運命として受け止めなければならない。私の七十二年の歳月にも、さまざまな出来事があった。

昭和二十年八月、満州（現中国北部）で終戦。十一月、父シベリア（現ソ連）へ抑留される。

昭和二十一年一月、母病死。満州奉天（現瀋陽）の山に葬る。六月、当時九歳の私は七歳の弟と共に叔母《おば》に連れられて日本に帰国。貨物列車と貨物船を乗り継いで五十日かけての引揚《ひきあげ》だった。

昭和三十八年十月、藤野晋一と結婚。

昭和三十九年十一月、長男富士男誕生。

昭和四十二年四月、二男英二誕生。

昭和四十四年十月、三男晃《あきら》誕生。

昭和六十一年十一月、夫（五十五歳）脳内出血で倒れる。右半身麻痺、失語症《しつごしょう》のため四十日間面会謝絶《しゃぜつ》。その頃は集中治療室（ICU）等はなかった。

当時、長男は大学三年生、二男は予備校生、三男は高校二年生だった。食べ盛《ざか》りの息子達への心配を心の奥に秘め、五十日間病室に泊り込んだ。夫は八日間生死の境《さかい》をさまよった。寝返りもできず言葉が出ない。しかし私は物言わぬ夫に毎日語りかけた。

幸い、病状が落ち着き、病院の廊下を手摺《てすり》を伝って歩けるようになった。右手右足に麻痺が残り、言語障害があったが、昭和六十二年一月下旬、八十日間の入院生活に終止符を打った。夫発病の年から二十三年。今振り返ると、私たち親子にとって、この頃の風雨が一番強かった。息子達の協力が大きな支えになったが、三人とも苦しかったと思う。二男は大学受験を控えていた。毎日顔を見に来る子どもたちに「お父さんは大丈夫だよ」と、私は声をかけていた。

夫の病気で私たち親子・兄弟の絆が強くなった。その意味で〝雨のち晴れ〟と言える。

私には、幼い日の終戦後の体験から、ありのままの現実を受け止め、耐える力が身に付いていたように思う。

夫は前向きの姿勢と、並々ならぬリハビリの努力により職場復帰。ＫＫＲホテル博多の方々の支えにより、麻痺が残る身体で八年間も働いた。夫の意気込みの強さに感謝している。平成六年、六十三歳で退職した。

その間に三人の息子は大学を卒業。現在はそれぞれ社会人として独立し、「お父さんの足は大丈夫？」と夫の体を案じる思いやりのある大人に育った。兄弟仲もよく毎年春休みになると、孫たちも加えて三世代で温泉の旅に出る。

人は逆境《ぎゃっきょう》や苦難に遭《あ》った時、それをどう捉《とら》え、どう乗り越えて行くかで、その後の人生が変わって行くのではないだろうか。

大地の樹木は、たとえ大雨でもそれに耐え、枝葉を伸ばして根

を張っていく。その逞しさを、私たちも学びたい。

歳を重ねスローライフになると、子どもの頃の青空とお天道様《てんとさま》（太陽）が恋しくなる。

朝日に向かって両手を広げ、〝ばんざい〟のポーズで「今日も生きているよ！」と深呼吸をしよう。気力がみなぎり、免疫力《めんえきりょく》が増すと聞いた。

人生の雨を糧に、晴れた日の太陽を浴びながら、目標を持って、一日一日を紡《つむ》いで生きてゆきたい。

水耀会『雨のち晴れ』掲載　二〇〇九年

夫とふたりのリハビリ

昭和六十一（一九八六）年十一月四日、「ＫＫＲホテル博多」の支配人として八組の結婚式を取り仕切った翌朝、夫は脳出血で倒れた。五十五歳だった。右半身麻痺、言語障害《げんご》で三カ月入院、二カ月リハビリを続け職場復帰した。その後毎日、勤務地がある薬院《やくいん》から天神《てんじん》まで帰途は一時間半かけて右足をかばいながら歩いていた。

あれから二十二年、今は二人でゆったりとした時を過ごしている。夫七十七歳、私は七十二歳になった。

「あの時職場復帰《しょくばふっき》したこと、毎日歩いたことが今につながっている。歩くことをやめたら、ぼくの人生は止まる」と、夫はこの頃感慨《かんがい》深く言っている。

去年十一月に、年に一度の旧友会《きゅうゆうかい》(国家公務員宿泊所OB会)に参加し、熱海《あたみ》のホテルで懐かしい方々と集うことができた。旅程《りょてい》も、新幹線の乗換駅《のりかええき》を大阪駅から歩く距離が少ない神戸駅に変えた。工夫しながら旅をし、楽しい思い出をアルバムの中にも増やしている。しかし、寄《よ》る年並《としな》みには勝てず、夫の手足の力が少しずつ衰えている。日常的な生活そのものがリハビリと思えてきた。

言葉がはっきりせず何度も聞き直す私に「お前の耳のほうが悪い。遠くなったんだ」と不機嫌な顔。(これでも朗読奉仕《ろうどくほうし》で鍛《きた》えた耳なのに)と心の隅《すみ》で反論する。ところが、夫は手足の動きが鈍い上に言葉も衰えたとは認めたくないのだろう。

「私、前期高齢者になり耳が遠くなったかな？」と、おどけた。

誰でも歳を重ねるとどこかが衰えていく。防ぎようもないことだと思う。これまでは夫の手足の動きをよくしたい一心で、悪いところばかりが気になり、「もう少し足を上げて」と注意していた。麻痺が残る夫には苦しかったことだろう。今では後悔し反省している。

二十二年間の教訓として、悪いところを私も少しは引き受けカバーできれば、と思えるようになってきた。心の支えも大切だと思う。パートナー（夫婦）の障害に、双方《そうほう》で添えば、その障害の重さが半減するのではないだろうか。

「看病だ」「介護だ」と力を入れ過ぎると、長い間に疲れてくる。

人に添うように、自然にその障害を二人のものとして受け入れ、
さりげなく添うて行こう。毎日がリハビリでもいい。
明日も前向きに笑顔で生きて行きたい。

平成二十四年十二月二十九日、努力家だった夫は、二十六年間
のリハビリ生活の後、旅立ちました。
藤野晋一　享年八十二歳

水耀会『雨のち晴れ』掲載　二〇〇八年

母三人

　私には三人の母がいる。

　昭和十一年、二十五歳で私を生み、厳寒の地、満州（現在の中国北部）で九歳まで育んでくれた「利枝母さん。」

　赤ん坊の時から病弱だった私は、肺炎、リンパ腺炎、腹膜炎《ふくまくえん》など大病《たいびょう》ばかり。若い両親の心配は並大抵《なみたいてい》ではなかったと思う。大切に育てられるのを良いことに、私は食べ物の好き嫌いが多く、我がままいっぱいで、母を困らせた。

母は、常に着物姿で編み物と読書が大好き。私も四歳から母の横で鍵針《かぎばり》を持ち、毛糸で遊んでいた。そんな時、不思議なことに、蓄音機《ちくおんき》から浪花節《なにわぶし》が流れていた。今から思えば、母は、遠い日本を懐かしんでいたのかもしれない。

日本の本土空襲が激しくなると、仏壇に灯をともした母は、私と弟に手を合わせて拝むようにしつけた。

敗戦後の昭和二十一年一月、母は、三十四歳で病死した。現在も満州の山で眠っている。

私は、母が最期に残した「空の星になって見守っているよ」の言葉に日々支えられて生きて来た。

次の母は、昭和二十六年、前年シベリアから帰国した父と再婚した「ハルお母さん」。

当時私が中学二年生、弟紘之は中学一年生、新しい妹宗子《むねこ》は小学三年生だった。

福岡市簀子《すのこ》町の公務員宿舎に住んだ。三部屋で五人家族、ゼロからの出発だった。私は妹が出来、枕を並べて眠るのが嬉しかった。その頃の公務員の給料は安く、育ち盛りの子供三人で、生活は大変だったと思う。父の背広は質流れ品で、だぶついていた。

母の実家は、佐賀のお寺、母は節約を重んじ、毎日家計簿をつけていた。

私の体は、高校生の時も弱く、母にも心配をかけた。

このハルお母さんの後ろ姿で、学んだことが、二つある。
一、毎朝、主人の靴を磨き、送り迎えを笑顔でする。
二、主人の部下、特に送迎の運転手さんを大切にする。
昭和二十九年、弟誠介が誕生。私とは十八の年の差があり、家族全員で可愛がった。家族が一つになる大きな絆になった。

ハルお母さんは、平成十一年、八十六で他界した。

今年の秋、十三回忌の法要で四兄弟の家族が集《つど》う予定になっている。両親亡き今も、兄弟の繋がりは強く、時々電話で話す。当時幼かった末の弟が、今では頼りになる熟年紳士になり、私達兄弟の健康を案じている。

三人目の母は、藤野（夫）の母。明治生まれの「コマお母さん」。母は昭和十一年、三十三歳の時、夫を亡くし、女手一人で四人の子供を育て上げた。昭和四十年に同居し、三人の孫息子を本当の孫（内孫）と可愛がってくれた。一人息子の嫁の私にも、自分の娘と同じように接し、藤野家の習わし、お寺のこと、お祭り、放生会《ほうじょうや》のことを教わった。

母は病気で入院中に、自分の胸の上に時計を置き「絹子さんが来る」と待っていてくれた。私は食欲の落ちた母に、好物の甘酒をこっそり飲ませた。

満州で亡くした母の分、孝養《こうよう》をと思っていたが、願い叶わず、コマお母さんは、昭和五十五年、七十八歳で他界した。

ある時、「絹子さん、藤野家のご先祖、仏様を守ってね」とポツリと言った言葉を思い出す。最後まで頼られた幸せ、有難く思っている。明治、大正初期生まれの「三人の母」は、みんな、物静かで辛抱強い女性だった。

それぞれ個性はあったが、仏様を大切に思う気持ちで共通していた。私は今でも、仏壇の盆飾り、正月飾りを、コマお母さんの教えの通りに引き継いでいる。ご先祖様を大切にし、仏様を拝む気持ちは、高齢になった私達夫婦の心の平安、そしてこどもも、孫にとっては、命の大切さを想う心につながっていくと思う。

病弱だった私が七十四歳で、今ここに在るのも三人の母の教えに守られていると思い、感謝している。

これから、曾《ひい》お祖母《ばあ》さんたちの願いを五人の孫へ語り伝えていきたい。

平成二十三年四月十五日　記

水耀会『走馬灯』掲載　二〇一一年

家族の絆

東日本大震災で大きく揺れた二〇一一年も残りわずかになった。亡くなられた方々を思うと心が痛む。今年は特に、新しい年の平穏《へいおん》を願いつつ仏壇を磨いた。

十二月二十八日、餅つき機で三升《さんしょう》の餅をつく。床の間に飾る鏡餅、神棚と仏壇へのお供え餅、次男宅の仏様、亡きお母さんへのお供えと、一人作業で手間がかかり、時間もかかった。

翌二十九日夕方、三男一家四人が富山県から帰福、急に賑《にぎ》やかな日々になった。

息子たちに神棚、お墓の掃除、窓拭《ふ》きを頼む。

私は、正月料理に専念《せんねん》。大晦日《おおみそか》の運そば、元日のお雑煮《ぞうに》の用意、がめ煮、黒豆、数の子、蕪《かぶ》の酢もの。三段のお重箱《じゅうばこ》の中身も手作りを大切にしたい。孫の好物、りんご寒天《かんてん》や栗きんとん、卵の伊達巻《だてまき》など彩《いろどり》も考える。

お重への盛り付けは、料理好きの嫁と孫に任せた。絵を描くように親子で楽しんでいる。

大晦日の夕方、祖母、母子三世代で作ったおせちの三段重ねが出来上がった。

「やったー、きれいにできたよ。美味しそう」とカメラのシャッターをきって大はしゃぎ。

孫の喜びように、杖を支えに歩く夫も動きだし、盛り付けをほめていた。

みんな元気で、新年を迎える仕度《したく》が出来る幸せに、感謝で胸がいっぱいになった。ひと回り大きくなった孫の姿を眺めていて、ふと、自分の子どもの頃の記憶が蘇ってきた。長男利基は小学三年生、妹紗由実《さゆみ》は四月から一年生になる。

「おばあちゃんはね、あなた達と同じ年の時に、弟の紘之おじちゃんと二人で満州から帰ってきたのよ」

「ふーん、どうしてお父さんやお母さんはいなかったの？」

孫は、まだ幼すぎて解りそうにない。息子や嫁は子供を思う親になり、成長していた。「こんなに小さい時に、よく生きて帰って来れたよね」

しみじみと、私の亡き父母の思いも語り合えた。

元旦には、長男、次男家族も揃い、五人の孫の笑顔に包まれた。

この和やかな家族の絆や人々の和を、突然の災害や戦争で奪われたくない。

今年も、世界の平和を祈り、子供や孫に平穏無事の有難さを伝え、前向きに生きていきたい。

二〇一二年一月十日　記

水耀会『走馬灯』掲載 二〇一二年

東北の夏祭り

ひまわりが群れ咲く熊本市の家に別れを告げ、宮城県仙台市《せんだい》の家に転居。薄紅色《うすべにいろ》の萩の花が迎えてくれた。

昭和三十二年七月、父の転勤のため、私二十一歳の夏だった。

仙台市で一番の繁華街《はんかがい》、東一番丁の高周洋品店に店員として、就職。ワイシャツ、ネクタイ、マフラー等を売っていた。

八月七日の七夕祭り。五十メートル程の大きなぼんぼり、色鮮やかな七夕飾りのトンネルに驚き、この街で働く喜びでいっぱいだった。

当時、商店の七夕飾りは、半年がかりで作り入賞を目指して店どうしで競い合っていた。

和紙で花を作り、竹で編んだボール状の物に埋め込んでゆく。私も教えてもらいながら皆と一緒に夜遅くまで作った。夏空の下、高々と輝く七夕飾りに全員で喜び絆が生まれた。しかし、翌昭和三十三年八月下旬、再び父の転勤で故郷福岡県へ。わずか一年余りだったが、ロマンチィックな若い日の思い出として残っている。

九州から仙台へ七夕祭りの頃に来て、翌年の七夕飾りを作って去った私のことを、仙台の友は、「七夕の女」と呼んでいたという。

平成二十三年三月十一日、東日本大震災。津波の恐ろしさに、テレビの前で私は凍りついてしまった。五十年前の友は？　知人は？

毎年、懐かしく思い、テレビで見ていた八月七日の仙台七夕祭り。今年は、ＮＨＫスペシャル「東北　夏祭り　～鎮魂《ちんこん》と絆と～」を見た。山車も流され何もないところから、皆で持ち寄り造り上げていく岩手県陸前高田《りくぜんたかだ》市の人々。山車の柱には津波で亡くなられた方々の笑顔の写真が飾られていた。去年、太鼓を打ち鳴らしていた女性、祭り大好きでお祭り男と呼ばれていた人たち。その方々の鎮魂を祈って色とりどりに飾られた山車《だし》、動く七夕。

賑やかだった街が、がれきと変わった暗黒《あんこく》の荒野《こうや》をゆっくりと進み行く山車一台。

灯もなく見物の人もいない。異様な現実の映像に、私は思わずテレビの前で手を合わせていた。

仙台の七夕祭りも映り、復興を願う千羽鶴の長いぼんぼりが印象的だった。夏祭りには、亡くなった人の魂を慰める意味もあることを、初めて知った。

最後に、和尚《おしょう》様が話していらした言葉、

「人は死者と共に生きる覚悟ができた時、初めて前に進むことが出来る。」

との教えが深く心に残っている。

東北の復興を心から祈りつつ、強い気持ちで生きてゆきたい。

平成二十三年九月二十日　記

水耀会『走馬灯』掲載 二〇一一年

お陰さまの心

旧、九州大学箱崎《はこざき》キャンパスの近くに一光寺《いっこうじ》（浄土宗《じょうどしゅう》）がある。千軒程の檀家《だんか》があり、裏には四百基《き》近いお墓もある。銀杏《いちょう》の木が空高く聳《そび》え、静かな佇《たたず》まいの大きなお寺だ。その檀家の藤野家は昔からお世話になっている。

平成二十四年十二月二十九日深夜、夫、晋一が急に亡くなった。昭和六十一年十一月に脳内出血後、二十六年間右半身マヒはあったが杖を突いて歩いていた。

「お正月が来るから床屋に行くぞ」と言っていた矢先の事で、家族の動揺《どうよう》は大きい。

三十日朝、一光寺に走った。

「年末のお忙しい時にすみません。もうすぐお正月のこんな時に亡くなるなんて…」思わず私の口から出た言葉。

和尚様《おしょう》は穏やかに話された。

「息子さん達が東京から帰って来られる時を選ばれたのだと思います。これからも、一周忌《いっしゅうき》、三回忌《さんかいき》とありますからね。」

何事も良いほうに受け入れて下さるお言葉にハッとし、有り難さで胸が一杯になった。

当日三十日、お通夜《つや》。

三十一日、葬儀、晋光院恩誉一念居士

晋一名入りの立派な戒名《かいみょう》を戴き、仏様の事を教えて下さった。和《なご》やかな家庭を持つことができ、子煩悩《こぼんのう》だった夫、晋一は優しかった。今でも、夫の写真と、いつも一緒に行動している。

平成二十六年四月から、一光寺浄和会（女性の会）に入り、六年間役員をさせて頂いた。お念仏講、春、秋のお彼岸《ひがん》法要と月に一度はお参りする。

心の安らぎ、お陰さまの心、思いやり、感謝を教えて頂き、現在も学ばせて戴いている。

朝夕、仏壇の前で手を合わせ、阿弥陀如来《あみだにょらい》様、ご先祖様に今日一日を感謝。

幼少の頃、病気がちだった身体で八十四歳の今を、お陰さまで
生かされている。
限りある命、私に出来る事をさせて頂き、持ち時間を大切に、
ゆっくりと前に進み続けたい。

若かりし頃の
晋一・絹子

晋一
富士男・英二・晃

「千の風になって」

幼子の口元からストローを通して、シャボン玉が二つ三つと生まれていく。お日様の七色の光を映して、赤レンガの家より高く空へ吸い込まれていった。春まだ遠い満州（中国東北部）で母と弟と共に遊んだ、私五歳の頃の思い出である。

シャボン玉遊びが大好きだった私が、目に見えない風を感じたのはこの頃かもしれない。

平穏な頃の満州の暮らし、四月までは降り積もった雪の中だった。気温が上がり始める五月になると、当時「蒙古風《もうこ》」と呼んでいた砂嵐が吹き荒れ、空が薄茶色に染まる。

このような日が四、五日続き、街行く人々は頭からスカーフを被《かぶ》り、マスクをしていた。

穏やかだった満州での生活も西暦一九四五年、第二次世界大戦の日本の敗戦で激変。私九歳小学校三年生、弟一年生の時だった。父はシベリヤへ四年半抑留された。母は私たち子供二人を残して、治療する病院もないまま病死。今でも満州の山で眠っている。私は父の帰還を待つ子供の頃、シベリヤに暖かい日本の風が届きますようにと祈っていた。

春になって氷が解け、シベリヤ引揚げが始まるのが待ち遠しかった。また、空を見上げてはこの空が、母が眠っている満州の山に繋がっていると思うことで心をやすめていた。

敗戦後六一年になる二〇〇六年六月、私は炊事をしながら何気なくテレビを見ていた。

朗々と響きわたる歌声、歌詞に思わず引き込まれていった。純白のスーツ姿の美男子。この歌手、誰だろう？　この歌詞を知りたい。早速パソコンのインターネットで調べ出した。

「千の風になって」

歌手　秋川雅史氏　テノール歌手

一、私のお墓の前で泣かないでください
そこに私はいません　眠ってなんかいません
千の風に　千の風になって

あの大きな空を　吹きわたっています
二、秋には光になって畑にふりそそぐ
冬にはダイヤのようにきらめく雪になる
朝は鳥になってあなたを目覚めさせる
夜は星になってあなたを見守る
三、一番の繰り返し

この歌詞は原作者不詳の英語詩を歌手でもある新井満氏が和訳したものと記してある。歌を聴いていると大切な人を亡くした人々に「そんなに悲しまないで下さい。私はいつも貴方の傍に、貴方の中にいますよ。」と、亡くなった人からの言葉に聴こえる。母が病床で最後に残した言葉、「星になって見守っているよ」も歌詞の中にある。私は手話ダンス教室の北野先生へ「(千の風になって)の歌を聴いてみてください。もし手話で振り付けができるなら踊ってみたい。」とお願いした。

先生は快《こころよ》く引き受けてくださった。その後この曲は人々の心をとらえヒットしていった。

二〇〇八年一月、ももちパレス大ホールで手話ダンスの発表会があった。私も八人の仲間と共に水色のロングドレスで踊ることができた。会場では北野先生のご指導の元、観客の方々も歌詞を手話で表現しながら歌い、全員一帯となって、祈りにも似た合唱だった。この時の感動は忘れられない。

戦争で亡くなった多くの日本兵のご遺族、遺骨もないままに息子さんのことを思い続けておられることと思う。外国にも戦争で亡くなり、亡骸もないままに寂しく暮らしているお父さんお母さん、子供たちも大勢いる。

他にも空の事故、海での事故で亡くなり、帰らない方々も多い。この歌は世界中の人々の平和と安全を願う死者からのメッセージにも思える。

空と風は世界の国々へと繋がっている。私も命が絶える時は千の風になって、満州の山で眠っている母のもとへ、そして世界中に、平和を祈りながら吹きわたって行きたい。

平成二十二年一月記

孫からの贈り物

「ただいまー」

林間《りんかん》学校から帰ってきた高校2年生の孫から「おばあちゃん、お土産《みやげ》！」と小さな包みを手渡された。開いてみると、朱色《しゅいろ》の学業お守り。鮮やかな青や金銀の梅の花模様に、太宰府天満宮と記されている。

「わぁ、うれしい！　ありがとう」。

82歳での学業お守りに思わず胸が熱くなった。

子供の頃、戦争中と敗戦直後、満州（中国東北部）の奉天《ほうてん》（現瀋陽《しんよう》）に住んでいた。身に着けていたお守りは身代わり不動明王《ふどうみょうおう》の護身守りで、34歳で他界した母の形見になっている。

昭和20年の敗戦時、私は国民学校3年生だった。当時、校舎をロシア兵に占領されてしまった。夜の運動場に机や椅子が積まれ、火がつけられた。暗闇の中、真っ赤に立ち上る炎。銃を持った兵士らの黒い影。私は2階のカーテンの隙間《すきま》からぼんやりと眺めていた。

この時の思いが忘れられず、八十路《やそじ》の今を大切に、博多人形教室、脳いきいき教室、手話ダンスなど楽しく学んでいる。空襲の心配も無く、笑顔あふれる高齢者教室。こうして学べる平和のありがたさを強く感じる。令和の時代も末永く平穏な時が続くように祈っている。

令和元年五月二十八日　朝日新聞「ひととき」掲載

サンキュー
楽しかった思い出

緑豊かな樹木《じゅもく》、芝生《しばふ》に囲まれた先には広々とした青い海、空気もよく志賀島《しかのしま》までつながっている。

その途中に、福岡市東区西戸崎《さいとざき》がある。終戦後、米軍基地《べいぐんきち》があった街で、今でも木造の米軍ハウスがいくつも残っている。アメリカの風が吹いているような感じがした。

戦後七十五年、兵士達の姿はない。

当時、子供たちはアメリカ兵のことを、親しく「ハロー」と呼んでいた。私服姿の兵士達は、「ハロー」と答えて、乗っていたオートバイを止め、話しかけていた。

グラウンドに、ボール、バット、グローブを持ち込み、野球を教えて貰《もら》った。

運動会では、米兵《べいへい》の家族たちとも一緒に走り、賞品としてガムやチョコレートが配られた。その頃の日本には、まだ甘いお菓子はなかった。

西戸崎公民館のロビーには、壁いっぱいにキャンプハカタの兵士やその家族と、西戸崎の人々との交流の写真が、飾られている。賑《にぎ》やかな集《つど》い、笑い声が聞こえてきそうだ。

昭和二十九年十二月には、マリリンモンローが、野球選手のデイマジオと新婚旅行を兼ねて、西戸崎に慰問《いもん》に訪れた。大歓迎をうけ、スタイル満点の華やかな写真もある。

モンローは、その後、広島の原爆慰霊碑《いれいひ》にお祈りに行っている。

平成二十八年五月二十七日には、オバマ大統領《だいとうりょう》も、原爆死没者慰霊碑に献花《けんか》し、被爆者《ひばくしゃ》の方々の前で、平和を願う演説をした。テレビを見ていて感激。私はオバマ大統領に頭を下げていた。

西戸崎の井上公民館長の話で、現在でもアメリカ兵の家族との交流が続いているとの事、素晴らしい。

館長の言葉の中で「般若心経《はんにゃしんきょう》を、ギューと、ギューと縮めると、最後に残るのは、『感謝』だそうです」と言われた。

米軍基地があった洋風の場で、お経の話を聞いた私はビックリ。

その感謝の気持ちがあったから、何十年経っても、米軍家族から、優しくてフレンドリーな人々と慕《した》われて、交流も続いているのだと思う。子供の頃の楽しかった事を「記憶の中の宝物」として大切にしている町民の皆さん。写真いりの小冊子も出ている。西戸崎の方々のこのような気持ちが、世界の人々との繋《つな》がり、絆《きずな》になっていくと思う。これからも、末長く続くように祈っている。

マリリン・モンロー

弟、紘之との別れ

優しくて、真面目《まじめ》な性格だった弟は、大学卒業後、銀行員として働いた。

昭和四十三年七月七日、七夕《たなばた》の日に前川《まえかわ》美智子《みちこ》さんとお見合いし、その後結婚。彦星《ひこぼし》と織姫《おりひめ》のようにロマンチックで仲が良かった。二人の子供にも恵まれ、笑い声が絶えない明るい家庭。私たち姉弟にとって、父母と別れ、離ればなれになった事もあり、和やかな家庭は何にもまさる宝物だった。運動会、野球大会、学芸会と、家族皆で健康で、楽しんでいた。

平成四年一月一日、弟が胃潰瘍《いかいよう》の出血で、病院へ救急搬送。危なかった命を取り止めた。

手術後、小さくなった胃に、一日、六回、七回の少量の食事。美智子さんの努力、工夫料理で、元気な身体を取り戻した。

平成二十年、美智子さん脳内出血で手術。半年間入院。左半身にマヒが残る。

弟はパートナーの美智子さんと、家で一緒に暮らせて、お世話できる事を生《い》き甲斐《がい》にしていた。
・車椅子で外に連れ出し、散歩を楽しむ。
・車椅子を押して、一緒に買い物に出る。
・平成三十一年春休みには、長女、陽子さんの計画で、親子三人車椅子での東京旅行。

六人の孫を可愛がり、楽しかった思い出は数え切れない。

弟の二人の子供は明るく、娘の陽子さんは、子供たちに優しい小学校の先生になっている。息子の健児君は、福祉大卒業後、障害者を大切にして寄り添い、施設長として働いている。

平成三十一年十一月、弟は耳下《じか》せんガンで右耳下《みみした》を手術。その九ケ月後の令和元年八月、リンパから脳に、ガンが飛んでしまった。治療の方法がなく、ホスピスへ移動。

弟は音楽が好きで、大学時代に合唱団に入っていた。ホスピスでは、ベットのまま音楽室へ。看護師さんが弾かれるピアノから「上を向いて歩こう」の曲がテンポ良く流れ出した。

意識もうろうとしていた弟が、右手で布団《ふとん》を叩き、調子を取り始める。皆で手をたたき、歌い、忘れられないひとときとなった。音楽療法の素晴らしさを初めて知った。

車椅子の美智子さんを交替で車に乗せて、入院中の紘之の部屋へ、送り迎えして下さった美智子さんの妹さん、弟さん。皆で手を握り元気づけていた。

令和元年九月三十日深夜、ひとり娘の陽子さんに看取《みと》られて旅立っていった。

言葉が出にくくなった弟と、美智子さんが「ありがとう」と、眼で話している一葉の写真が残っている。

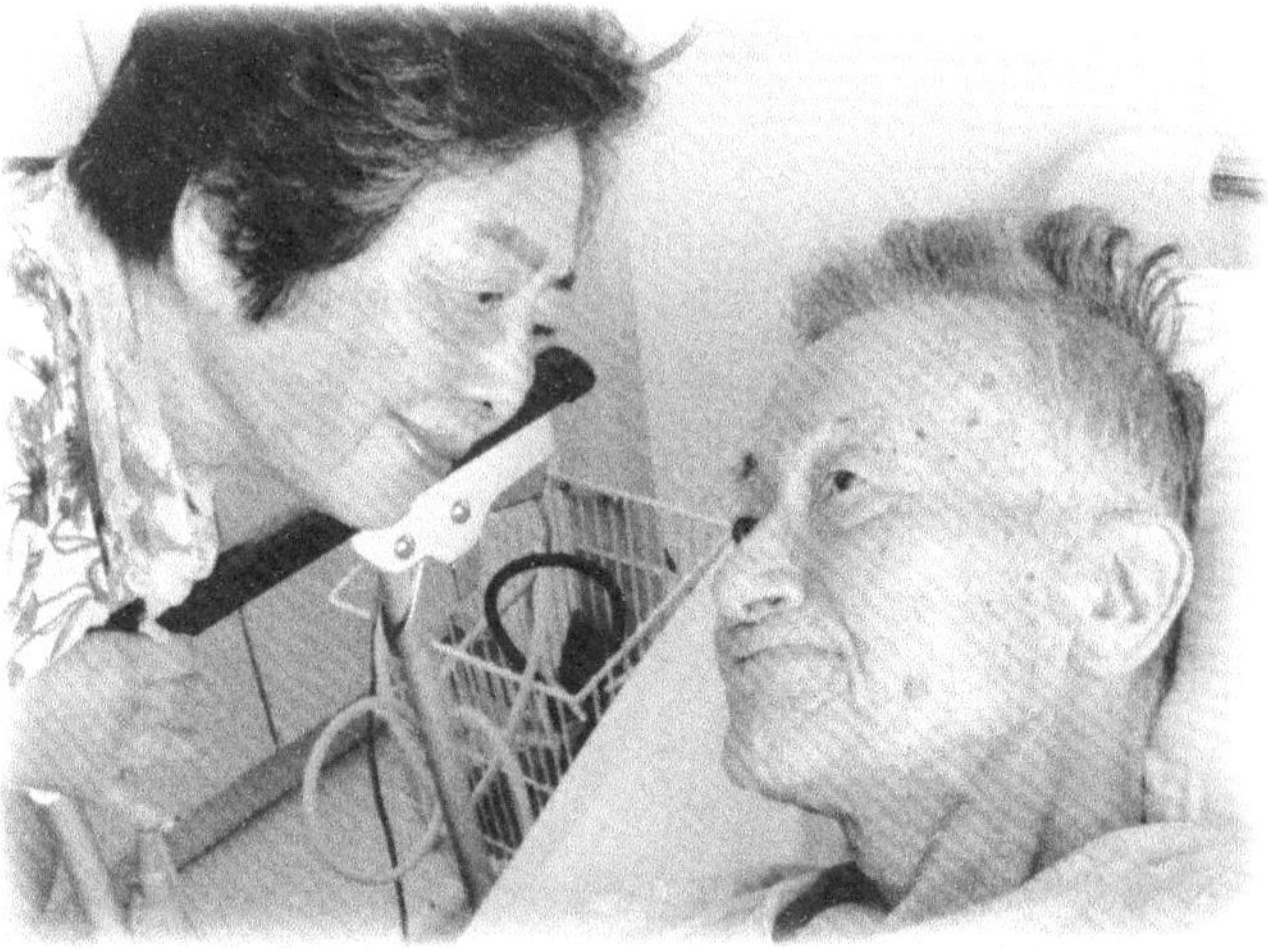

弟と美智子さん

言葉が出なくなった弟
美智子さんと瞳での会話
「ありがとう！」
「ありがとう！」
「美智子さん泣かないでね」

絹子

満州から手を取り合って、引き揚げて来た弟、当時七歳だった紘之を「日本へ連れて帰るのだ」との意気込みが、逆に、九歳だった私を、日本に帰したのだと感謝している。ひとりだったら、帰れていないと思う。

弟との別れから九ケ月経った今でも、「元気かね？　転ぶなよ」と言っているようで、私の心の中では、生き続けている。

「紘ちゃん、幸せいっぱいで、良かったね！」

令和二年六月二十五日　記

コロナ禍《か》の今

今日もテレビの画面に新型コロナ菌が映っている。

人間には見えないウイルス。

感染力が強く死者も多い。

孫が「おばあちゃんが一番危ない。気をつけてね」と、心配してくれる。

不要不急《ふようふきゅう》の外出禁止、休校の為、登校もできない子供達の事を想うと、心が沈む。卒業式、入学式もできない。

私が国民学校三年生だった、終戦直後とよく似ている。

自粛《じしゅく》、自粛と家に籠もっていると、高齢の私は足腰が弱り、コロナ鬱《うつ》になりそうだ。

昨日、お墓参りに行き草むしりをした。石畳《いしだたみ》の間から芽を出し、花を付けている名も知らぬ草。

雑草の根元に、群れ遊んでいる蟻やゾウリムシ。小さな命が愛おしい。

思わず「長生きしてね」と声をかけた。

コロナ菌に翻弄《ほんろう》されている現在、当たり前の生活が出来る有難さ、自然の逞《たくま》しさを改めて感じている。コロナ医療に、看護に防護服で一生懸命従事《じゅうじ》して下さっている先生方に感謝。

来客が無く、閉店、休業に追い込まれた方々、失業された方の困難と痛みを思う。人類はこれまでのように、ワクチンを開発して、コロナウイルスとも共存しなければならないのかも知れない。

このような時こそ、世界の人々と知恵を出し合い団結して、ステイホーム生活に耐えて前に進もう。ワンチームで頑張れば、長いトンネルの奥に光が見えて来るのではないだろうか。

みんなが笑顔で集える平和な日々が訪れる事を信じ、免疫力をつけて乗り越えていこう。

令和二年五月九日記

あとがき

青い空に白い雲、今年は空が澄みきっていて、良く仰《あお》ぎ見ています。

コロナウイルスで、人の外出が少ないせいかも知れません。花見もできないまま、桜、菜の花、つつじ、紫陽花《あじさい》と花をつけ、私達を和《なご》ませてくれます。このような時に文章をまとめる事ができました。

ＮＨＫ自分史教室で御指導下さった小嶋勇介《こじまゆうすけ》先生、すでに旅立たれた、その時の先輩方、心の持ち方や考え方を、教えて頂きました。文章を書くと、いつも目を通してくれた亡き夫、晋一、学徒動員《がくとどういん》で働いた経験もあり、平和を願っていました。私の健康を気遣い、声をかけてくれる兄弟夫婦や息子家族、パソコンも打てない時に、良く教えてくれた三男夫婦、沢山の皆様の後おしのお陰でこの一冊が完成しました。

心から感謝致します。

外出禁止、自粛《じしゅく》、自粛のこんな時こそ本にまとめるよう勧め、手伝って下さった櫂歌書房《とうかしょぼう》の方々、ありがとうございました。挿絵を描いていただきました画家の朽原彪《くつはらたけし》先生、題字を書いていただきましたデザイン書道家のあおのよしこ先生にも、心から感謝致します。

ただ一つの心残りは、手をつないで引き揚げてきた弟、紘之《ひろゆき》が、昨年亡くなり、読んでもらえない事です。仏壇に供えることにします。

母の下《もと》に逝《い》った弟と共に、世界の平和が続くように祈っています。

藤野　絹子

空の星になって見守っているよ

ISBN978-4-434-27908-9 C8091

発行日　2020年8月15日　初版 第1刷

著　者　藤野《ふじの》　絹子《きぬこ》

発行者　東　保司

発 行 所

櫂歌書房《とうかしょぼう》

〒811-1365　福岡市南区皿山4丁目14-2

TEL 092-511-8111　FAX 092-511-6641

E-mail: e@touka.com　http://www.touka.com

発売元　星雲社（共同出版社・流通責任出版社）